LA VIDA de CALABACÍN

Gilles Paris (1959) empezó a escribir a los catorce años, pero no se decidió a publicar hasta bien entrada la edad adulta. *La vida de Calabacín*, su segunda novela, fue un éxito rotundo, con más de 200.000 ejemplares vendidos y traducida a varios idiomas. Recientemente, el director de cine Claude Barras la ha adaptado al cine en la película de animación homónima que ha sido ganadora de numerosos premios, entre ellos, el de la Feria de Frankfurt a la Mejor Adaptación a Película en la categoría infantil juvenil y el del Público a la Mejor Película Europea del Festival de San Sebastián.

Si tienes un club de lectura o quieres organizar uno, en nuestra web encontrarás guías de lectura de algunos de nuestros libros. **www.maeva.es/guias-lectura**

EMBOLSILLO desea contribuir al esfuerzo colectivo y permanente de proteger y preservar el medio ambiente y nuestros bosques con el compromiso de producir nuestros libros con materiales responsables.

Gilles Paris

LA VIDA de CALABACÍN

La novela que ha inspirado la mejor película
de animación del cine europeo

Traducción:
Rosa Alapont

EM BOLSILLO
young

Título original:
AUTOBIOGRAPHIE D'UNE COURGETTE

Fotografía del autor:
© David Inaszewski / Koboy

Diseño de colección:
Toni Inglès

© Editions Plon, 2001, 2016
© de la traducción: Rosa Alapont, 2004
© de esta edición: EMBOLSILLO, 2017
    Benito Castro, 6
    28028 MADRID
    emaeva@maeva.es
    www.maeva.es

ISBN: 978-84-15140-43-6
Depósito legal: M-119-2017

Maquetación y adaptación de cubierta: Gráficas 4, S. A.
Impreso y encuadernado por Novoprint
Impreso en España / Printed in Spain

«Me enamoré perdidamente del libro de Gilles Paris *La vida de Calabacín,* un *coming-of-age* tierno y poético. La historia y su tono me transportaron a mi infancia y me recordaron mis primeras y emocionantes salidas al cine donde veía *Los 400 golpes, Remi, el niño de nadie, Belle and Sebastian, Heidi* e incluso *Bambi.* Con esta adaptación para una película de animación, quería compartir con el público de hoy en día esas maravillosas y formativas emociones que educaron y dieron forma a mi vida.

Pero mi película es también, y sobre todo, un hogar para todos los niños maltratados que intentan sobrevivir día a día. Calabacín, nuestro héroe, ha pasado por multitud de dificultades y, tras perder a su madre, siente que está solo en el mundo. Pero en su nueva vida en el hogar de acogida esto cambiará: tendrá un grupo de amigos en los que de verdad puede confiar, se enamorará, y por qué no, llegará a ser feliz. Aún tiene muchas cosas que aprender en la vida. Este mensaje, simple y profundo a la vez, me parece esencial para transmitir a nuestros niños. El deseo de compartir este mensaje fue lo que me llevó a dirigir esta película.

Quería adaptar el libro de Gilles Paris con la intención de hacer una película sobre niños que se dirigiera a niños maltratados como ayuda a los abusos que sufren día a día, una película de entretenimiento que hiciera reír y llorar, pero sobre todo una película firmemente comprometida que pasa aquí y ahora y te habla sobre la fuerza de adaptación entre un grupo de amigos. Una película que abogara por la empatía, la camaradería, la tolerancia y la complicidad.»

CLAUDE BARRAS,
director de la película *La vida de Calabacín*

A Laurent C.

Nota del autor

Deseo dar las gracias a Jacqueline Vialatte, directora de Pressoirs du Roy, así como a los educadores y la psicóloga de dicha casa de acogida, por los valiosos consejos aportados durante la escritura de esta novela.

Gracias asimismo a Pascal Lagarde, el maestro de Forges, y a Marie-Anne Baulon, juez de menores en Bobigny.

Que no intenten reconocerse en *La vida de Calabacín:* la ficción resulta engañosa.

Por otra parte, si bien me he inspirado en Pressoirs du Roy y en el colegio de Forges, si bien he respetado cierta realidad factual y legal, el imaginario del autor ha hecho el resto.

Que me perdonen, por consiguiente, ciertas libertades...

Desde que era muy pequeño he deseado matar al cielo a causa de mamá, que suele decirme:

—El cielo, Calabacín mío, es grande para recordarnos que no somos gran cosa bajo su capa.

»La vida se parece, en peor, a todo ese gris del cielo, con su porquería de nubes que solo mean desgracias.

»Todos los hombres tienen la cabeza en las nubes. Que se queden allí, pues, como el estúpido de tu padre, que se fue a dar la vuelta al mundo con una pelandusca más puta que las gallinas.

¿Una gallina pelandusca? Debe de ser una medio pelona. La verdad es que a veces mamá dice cosas absurdas.

Yo era demasiado pequeño cuando mi papá se fue, pero no veo por qué habría de llevarse una pelandusca del vecino para dar la vuelta al mundo. Las gallinas son tontas: se beben la cerveza que les mezclo con el grano y después hacen eses hasta la pared antes de desplomarse.

Y no es culpa suya si mamá cuenta semejantes disparates. Es por todas las cervezas que se toma mientras ve la tele.

Y protesta contra el cielo y me atiza cuando ni siquiera he hecho ninguna estupidez.

Y acabo por decirme que el cielo y los golpes siempre van juntos.

Si mato al cielo, eso calmará a mamá y podré ver la tele tranquilo sin llevarme la paliza del siglo.

Hoy es miércoles.

La maestra dice que es «el domingo de los niños».

Yo prefiero ir al cole. Mamá se dedica a ver la tele y tengo ganas de jugar a las canicas con Grégory, pero Grégory vive lejos y ya no puede dormir en casa desde que nuestras mamás se pelearon a causa del balón y la ventana rota. Mamá dijo al teléfono que Grégory era «un golfo» antes de colgar con un «sucia puta» debido a que la señora gritaba «siempre es mejor que una alcohólica».

Le digo a mamá «ven a jugar conmigo a las canicas» y mamá dice a la tele «cuidado, está detrás de ti, te va a matar», entonces insisto y mamá habla a la tele, «es un auténtico gilipollas el pobre», y no sé si el gilipollas soy yo o el señor al que acaban de cargarse pese a que mamá le ha avisado.

Subo a mi habitación y miro por la ventana al hijo del vecino, que nunca necesita a nadie para divertirse. Se monta en un cerdo como si fuese un burro y se ríe solo. Yo me siento triste, así que voy al cuarto de mamá, con la cama sin hacer y la ropa por el suelo, y hago su cama y necesito una silla para poner sus cosas junto a la montaña del cesto de la ropa sucia y luego ya no sé qué hacer. Entonces hurgo en un cajón de la cómoda, bajo la pila de camisas por planchar, y encuentro un revólver.

Estoy supercontento, me digo «voy a jugar con él en el jardín». Salgo, como quien no quiere la cosa, con el revólver oculto en el pantalón.

De todas formas, mamá no me mira y dice a la tele «¡esa chica no es para ti, chaval!».

Una vez fuera no necesito apuntar. El cielo es grande.

Disparo una vez y el revólver me hace caer al suelo.

Me levanto y disparo una segunda vez y vuelvo a caerme.

Mamá sale de la casa. Cojea a causa de su pierna mala y chilla «¿qué es ese escándalo?» y me ve con el revólver en la mano y me grita «¡pero qué le habré hecho al buen Dios para tener un Calabacín semejante! ¡Eres digno hijo de tu padre! Dame eso, tonto del haba».

Y trata de quitarme el revólver de las manos.

Yo digo «pero si todo esto es por ti, no quiero que sigas gritándome» y no suelto el revólver y mamá cae hacia atrás.

Chilla «¡qué putada!» mientras se sujeta la pierna mala y le digo «¿te has hecho daño?» y ella me da una patada con la otra pierna, la que da brincos, y me grita «dame eso inmediatamente, no te lo diré dos veces» y yo digo «pues es la segunda vez que me lo dices» y no le doy el revólver y ella me muerde la mano y yo lo sujeto con fuerza por donde puedo y suena el disparo y mamá cae hacia atrás.

Me quedo mucho rato tumbado en la hierba mirando las nubes.

Busco la cabeza de mi padre para que me diga qué debo hacer.

No he matado al cielo.

Lo único que he hecho ha sido reventar las nubes que solo mean desgracias, o bien es papá que me envía lágrimas para limpiar la sangre de la bata de mamá.

Al principio creo que duerme o que finge hacerlo para gastarme una broma, aunque no sea el tipo de persona que gasta bromas, sobre todo desde el accidente.

La sacudo un poco.

Parece una muñeca de trapo completamente fofa y tiene los ojos desmesuradamente abiertos. Pienso en las películas policíacas donde montones de mujeres consiguen que las maten y después parecen muñecas de trapo completamente fofas y me digo «eso es: he matado a mamá».

En esas películas nunca se sabe qué pasa con las muñecas de trapo, así que espero y llega la noche y tengo superhambre y entro en casa para comer una rebanada de pan con mayonesa y después ya no me atrevo a salir.

Pienso en los muertos vivientes que se levantan y te dan miedo con hachas y con ojos que cuelgan.

Y subo al desván, donde estoy seguro de que mamá no vendrá a buscarme debido a su pierna completamente rígida.

Me como las manzanas: no tengo valor para jugar al fútbol con ellas.

Y me duermo.

Cuando abro los ojos, hay mucho ruido en la casa y tengo miedo de los muertos vivientes y de las muñecas de trapo completamente fofas que me llaman por mi nombre.

Nadie me llama ya Icare aparte de la maestra.

Para todo el mundo soy Calabacín.

Y luego la puerta del desván se abre y se asoma un señor que no conozco y no parece un muerto viviente, pero a veces esas criaturas son muy astutas, se disfrazan de seres humanos como en *Los invasores*, así que le lanzo todas las manzanas que tengo a mano y el señor cae al suelo.

Después reconozco al hijo del vecino, que aparece de sopetón con un montón de gendarmes.

Uno de ellos dice «cuidado con las manzanas» mientras resbala con ellas y al mismo tiempo el hijo del vecino se asoma por encima del señor y me grita «¡has matado a mi papá!» y otro gendarme dice «no, no, tu papá solo se ha dado un porrazo» y el papá se levanta y todo ese pequeño mundo se acerca a mí y yo me digo «es el final de la película».

Oculto la cara entre las manos y espero la paliza del siglo y siento cómo me acarician la cabeza y separo los dedos y el papá está sentado sobre sus talones muy cerca de mí y me dice «¿has visto al hombre que ha hecho eso, chico?».

Todos los gendarmes me miran y el hijo del vecino también.

Todos esos ojos clavados en mí me dan un poco de miedo y me echo a temblar y oigo una fuerte voz que dice

15

«dejadme solo con el muchacho, ¿no veis que está aterrorizado?».

Todos se marchan, salvo el gendarme de la voz fuerte, que se sienta en el suelo tras apartar las manzanas con la mano.

Una gran barriga muy blanca sobresale de su camisa.

—¿Qué edad tienes, Icare?

Cuento con los dedos como mi maestra me ha enseñado y digo «nueve años».

Se saca una libretita del bolsillo y escribe algo en ella. Luego su recia voz se suaviza y me pregunta qué ha ocurrido y le hablo de los muertos vivientes y de las muñecas de trapo completamente fofas y de los invasores que se disfrazan de seres humanos.

El gendarme se rasca la cabeza tras levantarse la gorra y me dice que se llama Raymond y que puedo llamarle así.

—De acuerdo —respondo—, pero tú llámame Calabacín.

No dice nada, y luego, muy bajito (tan bajito que he de pedirle que repita la pregunta), «¿y lo de tu mamá cómo ha ocurrido?».

—Ah, eso es a causa del cielo.

El gendarme se mira los zapatos manchados de barro y dice con voz rara «¿el cielo?».

Entonces hablo de mi papá, que tiene la cabeza en las nubes, y de su Peugeot 404, que fue a saludar al viejo roble y le rompió la pierna a mamá, y del señor que enviaba dinero todos los meses para los alimentos y las camisas de mi talla.

—¿Y tu papá dónde está? —pregunta Raymond.

—Mi papá se fue a dar la vuelta al mundo con una pelandusca.

—Pobre criatura —dice el gendarme acariciándome la cabeza, y se me hace muy raro toda esa gente que me acaricia la cabeza y retrocedo un poco–. ¿Y tu mamá era amable contigo? –pregunta, apartándose la gorra, y tiene el pelo todo pegado debajo y se ve la marca de la gorra en la frente.

–Bueno, sí, hace un buen puré y a veces nos reímos.

–¿Y cuándo no os reís?

Me paro a pensar y digo «¿cuando subo al desván?».

–Sí, cuando subes al desván.

–Eso es porque he hecho alguna trastada y no quiero recibir la paliza del siglo y tener que frotarme la mejilla para borrar sus dedos, y con su pierna completamente rígida no hay peligro.

–¿Y cuál fue tu última trastada?

–Esto... Mi última trastada creo que fue ayer, cuando jugué con el revólver.

–El revólver no es un juguete, pequeño.

–Yo no quería jugar a las canicas solo y mamá veía la tele y Grégory ya no viene a casa, entonces no tenía otra cosa que hacer, ni siquiera sé hablar a los cerdos como el hijo del vecino.

–Bien, bien, ¿y ese revólver dónde estaba? –me pregunta Raymond rascándose la cabeza, y pienso que tal vez tenga piojos o algo así.

–En la habitación de mamá.

–¿Y tu madre te dejaba tenerlo a menudo?

–No, ni siquiera sabía que tenía uno. –No me atrevo a decir que registré un poco.

Raymond mordisquea su lápiz como si fuera una brizna de hierba.

–¿Y luego qué pasó?

–Pues salí fuera con el revólver y jugué con él.

–No es un juguete.

–Ya lo has dicho, señor. Si hubieras estado aquí, habríamos podido jugar a las canicas.

17

–Llámame Raymond, ya te lo he dicho. Bien, entonces ese revólver... ¿Disparaste con él?

–Sí, quería matar al cielo.

–¿Matar al cielo?

–Pues sí, al cielo, a causa de las nubes que solo mean desgracias y después mamá bebe mucha cerveza y grita todo el rato y me da bofetadas o me pega en el culo, y sus dedos se quedan mucho rato marcados en mis mejillas o mis nalgas.

–¿Tu mamá te pegaba?

–En principio solo cuando hago alguna trastada, pero a veces es como sus gritos, por nada, y yo subo al desván y duermo con las manzanas.

Raymond anota no sé qué en su libretita y saca un poco la lengua, y eso me hace reír.

–¿Qué te divierte tanto, muchachito? –me pregunta la fuerte voz de Raymond.

–Sacas la lengua como el gordo Marcel cuando copia los renglones de la maestra.

El gendarme sonríe y vuelve a rascarse la cabeza y le pregunto si tiene piojos y me responde como si fuera sordo «¿y a tu mamá también le disparaste?».

–No lo hice adrede, quería quitarme el revólver, estaba muy enfadada, dijo que era un idiota como mi papá, y el disparo salió solo.

No intento tragarme las lágrimas que me cosquillean la garganta desde hace un rato. Salen de mis ojos y ya no veo nada.

–Vamos, ya ha pasado todo, pequeño, cálmate, toma mi pañuelo.

Me froto los ojos con el pañuelo y como tengo la nariz tapada me sueno con él.

–¿Tienes familia, pequeño?

—No, no tengo a nadie aparte de mamá.

Y le devuelvo su pañuelo, que se guarda en el bolsillo.

—Bien, vas a venir conmigo a la comisaría y llamaremos al juez.

—¿El juez es el señor que golpea con un martillo y que envía a los malos a la cárcel?

—Tú no eres un malo, criatura, y eres demasiado joven para ir a la cárcel. El juez te enviará a una casa donde hay niños como tú.

—¿Y mamá viene también?

Raymond se rasca la cabeza y dice «tu mamá estará siempre en tu corazón o en tu cabeza, pero ahora se ha ido».

—¿Se ha ido a la ciudad?

—No, pequeño, al cielo, con los ángeles.

—No —replico—. No está con los ángeles, está con papá.

Cuando entramos en la comisaría un gendarme dice sonriendo «vaya, Raymond, ¿te has agenciado un compañero de equipo?», y Raymond le mira y el gendarme se mira los zapatos.

Me siento en su despacho y el gendarme, que ya no se ríe, me trae un vaso de chocolate y se queda conmigo mientras Raymond telefonea en el despacho de al lado, y me pregunta qué he hecho para estar allí y digo que he fallado el tiro al cielo con mi revólver, pero no a mamá, y el gendarme se queda con la boca abierta hasta que regresa Raymond.

—¡Dugommier, la boca, ten cuidado! Las moscas podrían colarse en ella. Más vale que vayas a buscarme un café.

Luego, volviéndose hacia mí, «bien, pequeño, he hablado con el juez y voy a llevarte cerca de Fontainebleau, a un hogar para niños que dispone de plazas; ya verás al juez más tarde».

—¿Qué es un hogar?

—Es una casa grande con montones de niños y educadores para ocuparse de ti.

—¿Qué es un ducador?

—Un educador es un señor o una señora que va a ocuparse de ti.

—¿Y dan azotainas los *ducadores*?

—No, y tampoco gritan, salvo si les haces la vida imposible, pero no parece que seas un mal chico.

Siento cómo la garganta me hace cosquillas y me trago las lágrimas.

Columpio las piernas en la silla demasiado alta y sujeto el vaso de plástico todavía caliente entre mis manos y me hace bien ese calorcillo en mis dedos y también la voz de ese gordo bonachón, que se sienta frente a mí, a horcajadas sobre la silla.

Raymond no va bien afeitado, y tiene un montón de pelos en el cuello y le salen otros de las orejas. Transpira debajo de los brazos, en la frente y justo encima de los labios, hasta el punto de que a veces se traga las gotitas sin prestar atención.

—¿Te quedarás conmigo en la casa grande? —le pregunto bajito.

—No, Icare, no puedo.

—Bien, ¿cuándo nos vamos?

—Nos vamos ahora —dice Raymond levantándose.

Y llama a Dugommier, que hace rato que nos mira desde el despacho de al lado.

—Ocúpate del asunto Merlin, volveré a media tarde.

Y Dugommier me pregunta si quiero otro chocolate y digo «sí» y Raymond «no hay tiempo» y yo lloriqueo y Raymond va a buscar el chocolate.

Me lo tomo a sorbitos con las lágrimas que caen dentro y luego nos vamos.

En la autopista, Raymond pone la radio y Céline Dion canta y pienso en mamá, que entona esa canción cuando pone las flores silvestres en el jarrón. Mi barriga habla sola y digo «tengo hambre».

Nos paramos en un McDonald's y me tomo una *cheeseburger* y una coca-cola, y Raymond también.

–No te preocupes, pequeño, todo irá bien –dice Raymond.

Y eructo a causa de la coca-cola y eso hace reír a Raymond.

–¿Sabes? –digo al amable gendarme–, también tú puedes llamarme Calabacín. Te lo he dicho hace un rato, pero no me has oído. Solo la maestra me llama Icare, y a veces miro hacia otro lado como si se dirigiera a algún otro.

–¿Así es como te llamaba tu mamá?

–Sí, y todos mis amigos.

Seguimos por la autopista y miro los árboles y las casas y Raymond se mira en los espejitos al adelantar a otros coches que circulan todavía menos deprisa, y luego el del gendarme sale de la autopista para ir por las carreteritas rurales.

Pasamos por debajo de un puente y veo un río y Raymond reduce la velocidad y dice «ya no estamos muy lejos».

Miro el agua gris cuando dice «hemos llegado, pequeño. ¡Menuda chabola! Aquí estarás como pez en el agua».

Y sale del coche con mi maleta y yo me quedo porque no tengo ganas de estar como pez en el agua.

La chabola es un castillo como en las películas.

Una señora de pelo blanco y vestido rojo baja los escalones y habla con el gendarme, que sigue sosteniendo mi maleta, y me miran y se acercan al coche.

La señora de rojo inclina la cabeza y dice sonriendo «ven, Icare, voy a enseñarte tu nueva casa» y me despego del asiento y salgo del coche y solo miro la gravilla.

–Me llamo señora Papineau –dice la señora de pelo blanco–. Pero puedes llamarme Geneviève.

Sigo sin moverme.

Oigo la fuerte voz de Raymond, «saluda a la señora, Calabacín», y digo «hola» a las piedrecitas mientras pienso que es divertido toda esa gente que quiere que la llames por su nombre cuando no la conoces.

—Bueno, me voy —dice el gendarme—. Mis tareas no acaban aquí, me espera trabajo.

Y deposita la maleta en los peldaños de la escalinata y me levanta la cara con el dedo.

—Pórtate bien, Calabacín.

Y me acaricia la cabeza y yo me dejo hacer antes de decir «¡no te vayas, Raymond!» y cojo su gruesa mano con la mía y me la llevo a la cara.

—Vendré a verte pronto, pequeño —dice el gendarme retirando lentamente la mano de mi cara y metiéndosela en el bolsillo como si quisiera llevarse mi caricia con él.

Luego me besa en la frente y poniéndose de pie dice «qué desgracia estas historias» y se sube al coche.

—Sé buen chico. Hasta la vista, señora.

La señora de las gafas dice «hasta la vista, señor, y gracias».

Y el coche con borla azul se va marcha atrás.

Y la garganta me hace cosquillas.

Y la señora agarra la maleta y se vuelve hacia mí.

—Ven, Icare, debes de tener hambre.

Y digo «no» y ella me pone la mano en el hombro y subimos la escalinata.

Pronto hará tres meses que Ahmed se hace pipí en la cama y que todas las mañanas pregunta a Rosy si su papá va a venir a verle.

Simon, que siempre está al corriente de todo, dice que el papá de Ahmed vendrá el día que se escape de la cárcel y Rosy le dirige una de sus miradas y Simon abomba el torso y pide a Rosy que le ate los cordones de las bambas, que siempre lleva desatados.

Rosy dice «conmigo no hace falta que te hagas el gallito».

Ahmed, Simon y yo compartimos la misma habitación.

La primera noche, Simon me dijo que me quedaría allí al menos tres años y que me convenía untarle las tostadas por la mañana y que si no lo hacía me haría la vida imposible.

Simon es así, le encanta hacerse el gallito, amenazar a los demás, pero si le levantas un poco la voz, deja de dárselas de listo.

La primera mañana unté de mantequilla la tostada y se la aplasté en la nariz y él me tiró del pelo y yo también y Rosy nos separó con su mirada terrible, «aquí ni hablar de eso, o seréis castigados los dos», y Ahmed lloró porque siempre tiene la impresión de haber hecho alguna trastada y a veces Simon y yo nos aprovechamos y lo señalamos con el dedo incluso cuando no ha sido él.

Desde lo de la tostada, Simon ya no me incordia y a veces le hago un doble nudo en las bambas como mamá me enseñó a hacer y por la noche es Rosy quien tiene que deshacerlo, porque Simon, si pudiera, dormiría con sus bambas en lo que entre nosotros llama «la prisión».

Nosotros lo llamamos «el hogar» y la señora Papineau, la directora, no está contenta cuando nos oye decir eso.

Ella prefiere «casa de acogida» o «Les Fontaines».

Cuando hacemos alguna trastada, nos castigan.

Lo llaman «un trabajo de interés general».

Debemos recoger las hojas secas bajo los árboles o doblar la ropa, y la «gran sanción» consiste en limpiar la barandilla llena de polvo a lo largo de dos pisos.

Por la mañana nos despiertan a las siete los besos de Rosy, que nos deja dormir cinco minutos más en la oscuridad y luego enciende la luz y nos vestimos en silencio con la ropa preparada la víspera para no despertar a los más pequeños, que duermen media hora más que nosotros. Cambia las sábanas a Ahmed, que lloriquea, y después tomamos el desayuno en nuestra cocina, donde todo está ya preparado. Huele a chocolate y pan tostado, y solo tenemos que untarlo con la mantequilla y la mermelada.

Julien, un rubio rechoncho al que llaman *Jujube*, toma cereales en un gran tazón de leche porque su mamá escribió «es bueno para la salud» en una postal que envió desde Perú. Desde entonces ya no envía nada, y Jujube se pasea siempre con la postal y unas galletas en el bolsillo, una postal completamente hecha polvo, llena de manchas, en la que ya no se lee nada.

Simon dice que Perú es bueno para la salud de la mamá de Jujube, pero no para la de Jujube, que acude con frecuencia a la enfermería por dolor de barriga o de cabeza o por angustia, y a veces Rosy le pone un esparadrapo alrededor del dedo y Jujube se siente mucho mejor y nos enseña su dedo enfermo, que no tiene nada en absoluto.

Una vez acabado el desayuno, ayudamos a Rosy a ordenarlo todo, excepto Alice, que, con su largo cabello moreno cubriéndole la cara, siempre consigue que se le escurra de las manos un vaso o un tazón y después ya no se mueve, y Rosy dice «no pasa nada, cariño» y Alice se cubre la cabeza con los brazos como si Rosy fuera a pegarle.

En el desayuno, Alice suele sentarse en las rodillas de Rosy y se chupa el pulgar y solo se ve eso, con su larga melena morena que le oculta la cara. No dice gran cosa y Simon dice que su mamá bebe mucho y que su papá también y que siempre le estaban pegando y que la ataban al radiador, y yo pienso que su papá debe de ser el asesino de las mujeres rubias, como en la tele.

Después vamos a lavarnos, y Rosy nos mira los dientes para ver si de verdad nos los hemos cepillado y a menudo Simon vuelve al cuarto de baño con Rosy porque deja correr el agua de la ducha sin meterse debajo. Le oímos gritar a Rosy, que lo enjabona de arriba abajo.

Luego volvemos a nuestros cuartos para repasar los deberes, y a veces Rosy asoma la cabeza para ver si hacemos batallas de almohadas o cosas así, en cuyo caso, más tarde «hacemos la barandilla».

Y después es hora de ir al colegio en el autocar que nos espera al pie de la escalinata. Rosy comprueba que no nos hayamos dejado la mochila y nos besa y nos estrecha contra su voluminoso pecho y nos confía a Pauline y bajamos los peldaños y Gérard nos dice «buenos días» cuando subimos a su autocar.

Pauline nos cuenta con los dedos y se sienta al lado de Gérard, y con frecuencia lo mira, y a Gérard le trae sin cuidado: canta más fuerte que las casetes de Julien Clerc o de Henri Salvador, que se sabe de memoria.

Pauline y Rosy no se quieren demasiado.

Hay que ver cómo la mira Rosy cuando Pauline fuma un cigarrillo con su boca pintada de rojo y sus bonitos zapatos de charol, bajo los cuales aplasta el cigarrillo cuando subimos todos al autocar.

Se diría que Rosy la desnuda con la mirada y Pauline da caladas a su cigarrillo y cruza las piernas desnudas y dice «hola, Rosy» y Rosy se hace la sorda.

Una vez, Simon se retrasó porque se dejaba la cartera y oyó a Rosy murmurar entre dientes (y a espaldas de Pauline) «sucia Zorrita», y desde entonces entre nosotros la llamamos «sucia Zorrita» y eso nos hace reír.

Me gusta mucho sentarme al fondo del autocar con Simon.

Ahmed, por su parte, siempre va detrás de Gérard, y nadie se sienta a su lado porque lloriquea con frecuencia.

También Jujube va solo, con su esparadrapo alrededor del dedo, y se lo enseña a Pauline y Pauline dice «¡oh, pupa mala!» y el gordo Jujube se siente muy contento de que se interesen por él y se come una galleta que se saca del bolsillo.

Alice se sienta en el medio, al lado de Béatrice, una negrita de gafas color rosa siempre con los dedos en la nariz, que luego se chupa.

Los hermanos Chafouin, Antoine y Boris, se sientan a dos filas de las chicas. Son inseparables y siempre tienen montones de cosas que contarse.

Simon dice que son huérfanos desde que sus padres murieron en un accidente de coche, y yo le pregunté «¿qué son los huérfanos?» y Simon me respondió «son niños que ya no tienen a nadie que los quiera» y yo dije que Rosy nos quería a todos y Simon replicó «no es lo mismo» y yo dije «sí que es lo mismo» y Simon me contestó «a veces eres un gilipollas» y le agarré del pelo y Simon gritó y Pauline nos separó y esa tarde hicimos la barandilla.

A veces, cuando Simon se duerme, escucho a los hermanos Chafouin jugar al «juego del diccionario».

Boris dice palabras raras: «anorexia», «hemorroides» o «epilepsia».

Y Antoine responde con: «raquitismo», «hipocondríaco» o «parapléjico».

Y yo no entiendo nada.

O bien Boris se pone unos cascos en las orejas y canta tan fuerte como Gérard, solo que no las mismas canciones, y Pauline se acerca para quitarle los cascos, que después le devuelve en el colegio, y Boris se pone de morros y dice «sucia Zorrita» y eso nos hace reír y a Boris también y ya no pone mala cara.

Y cuando los hermanos Chafouin no hablan entre ellos, hacen costura con gruesas hebras de colores que hincan en un caballo que salta una valla o en un ramo de rosas y eso me hace pensar en las flores silvestres que recojo para mamá cuando hago alguna trastada.

Una vez, Gérard quiso evitar a un gato en la carretera y dio un gran volantazo y nos caímos de los asientos, y los hermanos Chafouin también, y su aguja, en lugar de clavarse en el caballo o el ramo de rosas, lo hizo en el dedo, pero ni siquiera gritaron.

Los vi sacarse la aguja y chuparse el dedo hasta que la sangre desapareció mientras Pauline comprobaba si alguien se había hecho daño, y todo el mundo estaba bien, excepto Jujube, que decía que se había roto el pie y lloriqueaba, y Pauline le masajeó el pie, que no estaba roto en absoluto, y Simon dijo «es solo para hacerse el interesante».

Y luego el autocar de Gérard se mete en un parque y ya hemos llegado al colegio, justo al lado de una gran casa de postigos grises donde duermen otros niños por la noche.

Se diría que nos encontramos en el país de los niños que ya no tienen a nadie que los quiera.

El maestro se llama señor Paul y es muy amable con nosotros. Nos enseña la geografía de Francia con grandes mapas que cuelga en la pizarra, y me cuesta un poco comprender cómo todas las casas de la gente caben allí dentro.

Pregunté dónde estaba el río pensando en Raymond, que viene a verme todos los domingos, y el señor Paul me señaló una especie de serpiente que sale de «la gran ciudad» y que «se echa en los brazos de otros ríos».

El señor Paul dice chorradas, los ríos no tienen brazos.

Y ya puestos, ¿por qué no ojos o una boca?

Cuando no aprendemos geografía, el señor Paul nos cuenta la historia de la gente que estaba allí antes que nosotros, los hombres de Cro-Magnon. Se parecían a los monos e inventaron el fuego frotando dos piedras una contra otra. Vivían todos juntos en cuevas y se cubrían con pieles de animales y para comer cazaban animales con armas que fabricaban ellos mismos, como los arcos, con una rama y una liana, con los que disparaban flechas talladas en piedra afilada.

Pregunté al señor Paul si Tarzán era un hombre Cro-Magnon y toda la clase se echó a reír y me puse todo rojo y ni siquiera oí la respuesta del señor Paul y luego ya no hice más preguntas.

Simon quería saber si los hombres de Cro-Magnon se lavaban o no y el maestro dijo que el jabón aún no existía, ni las duchas, ni las bañeras, y que los hombres de Cro-Magnon se lavaban por casualidad cuando caían al agua y Simon dijo muy alto «el jabón lo inventaron los padres para fastidiar a sus hijos» y todo el mundo se echó a reír, incluso el señor Paul.

Béatrice, la negrita, se comía las albondiguillas de la nariz y el señor Paul le preguntó si quería su dedo y ella dijo «no, gracias».

Alice se chupaba el pulgar con el pelo en la cara y el señor Paul se lo recogió detrás de las orejas con una goma y Alice se dejó hacer temblando como una hoja.

Vimos dos ojos negros atemorizados, una boquita sin labios, una nariz respingona y cientos de pecas.

El señor Paul dijo «verás mejor la pizarra» y Alice dijo «sí» con la cabeza mientras se tapaba la cara con los brazos y el maestro se sentó en su escritorio y Alice se escapó de la clase y el señor Paul salió en su busca.

Cuando volvieron, el señor Paul la sujetaba por el hombro.

Nosotros estábamos de pie en los pupitres y nos tomábamos por hombres de Cro-Magnon y gritábamos «onga

onga» y la fuerte voz del señor Paul nos hizo bajar de nuestras montañas, excepto a Simon, que seguía gritando «onga onga» y el señor Paul lo llevó de la oreja hasta el rincón de la pared, donde tuvo que quedarse con las manos a la espalda sin moverse hasta la hora del recreo.

Cuando suena la campana, el maestro da una palmada y nos echa fuera a todos, y no lo tiene fácil, porque siempre hay tres o cuatro que prefieren al señor Paul antes que el recreo, pero esos no son los niños del hogar.

El gordo Jujube dice que tiene angustia o le duele la barriga y va a la enfermería y le curan la angustia o el dolor de barriga con un esparadrapo en el dedo, y nos enseña el dedo y el pequeño Simon y yo no le hacemos caso, jugamos a las canicas o a tú la llevas con los hermanos Chafouin y Ahmed.

No nos mezclamos demasiado con los otros niños y a ellos no les conviene señalarnos con el dedo, porque la última vez incluso Béatrice, la negrita, se sacó los dedos de la nariz para plantarlos en los ojos del chico que se había burlado de nosotros. Nosotros le atizábamos montones de patadas, incluso Alice, solo que se había quitado la goma del señor Paul y su pie golpeó al gordo Jujube, que se puso a gritar más fuerte que el chico caído.

La mamá del niño vino a ver al señor Paul y el maestro nos llevó aparte al acabar la clase y nos pidió que no volviéramos a hacerlo y nosotros dijimos «sí, señor Paul» cruzando los dedos a la espalda.

En la clase hay muchos niños que no son del hogar, pero esos nunca nos molestan.

Como dice Simon, «nos miran como si fuéramos lobos».

El día en que Béatrice se sacó los dedos de la nariz, le pregunté a Simon, que lo sabe todo, por qué Béatrice estaba en el hogar.

Simon dijo «el papá de Béatrice hizo sobeos a su hija, y más valdría que se los hubiera hecho a su mujer, que fue a ver a los gendarmes y desde entonces el papá de Béatrice está en la cárcel con el papá de Ahmed».

Yo dije «¿qué son los sobeos?» y Simon respondió «bien, es cuando juegas con la lengua», y a veces me pregunto cómo se las arregla para saber tantas cosas.

A mediodía comemos en la cantina, en la gran casa de postigos grises, y todos los niños de todas las clases también, y eso supone un montón de niños. El maestro y Pauline se sientan con los mayores y Pauline mira al señor Paul, y el señor Paul no le hace caso, nos mira a nosotros, los niños del hogar.

Béatrice, la negrita, come sobre todo con los dedos, que se saca de la nariz con ese motivo, y a veces el señor Paul viene a nuestra mesa y le limpia las manos con la servilleta llena de manchas y le da un tenedor y Béatrice se mira en él como si fuera un espejo. Y cuando el señor Paul mira a otra parte, Béatrice deja caer el tenedor y se come el puré con los dedos y el señor Paul la deja hacer porque Boris y Antoine lanzan los guisantes con la cuchara a los niños de la mesa de al lado, que hacen lo mismo. O porque Alice no quiere comer nada.

A Ahmed, por su parte, le gusta mucho comer con la boca abierta, y solo se le oye a él.

El gordo Jujube siempre es el primero en vaciar el plato y a veces se pelea con Ahmed por acabarse el de Alice y tiran cada uno de un lado y a menudo el contenido se vuelca en la mesa y Pauline dice «no es posible la que llegan a armar estos críos», y podemos leer «sucia Zorrita» en los labios de Boris y eso nos hace reír.

Por la tarde, el señor Paul nos enseña a construir una casa. Huele a cola y madera y el gordo Jujube dice que eso le da angustia y nosotros decimos «eres un plasta, Jujube».

El señor Paul sierra las planchas y pone cola y nosotros construimos «la casa de nuestros sueños» con falsa hierba alrededor y trozos de tela en las ventanas.

Simon ha puesto barrotes en todas sus ventanas y no ha querido falsa hierba, «en mi casa todo es hormigón», y no ha pegado la chimenea en el tejado, «en mi casa no hacemos fuego», y le he preguntado «¿dónde está tu casa?» y me ha respondido «en la gran ciudad» y yo he dicho «¿por qué estás en el hogar?» y no me ha contestado.

Alice ha olvidado el tejado «para ver las estrellas y la luna».

Béatrice ha puesto falsa hierba y los hermanos Chafouin han hecho una casa toda de cristal, «así todo el mundo nos ve», y Ahmed no ha hecho nada y lloriquea y el señor Paul ha venido a ayudarle, pero Ahmed ha dicho «la casa de mis sueños no existe» y ha salido de la clase y el señor Paul ha ido en su busca después de habernos dicho «cuidado, cuando yo vuelva nada de "onga onga"».

Y nos hemos portado superbién, pegábamos animalitos en la falsa hierba, excepto Boris, que ha aspirado la cola y después estaba muy raro y el señor Paul ha tenido que llevarlo a la enfermería con Ahmed, que no quería soltarse de la mano del maestro.

El señor Paul es así con los niños.

Simon dice que tiene seis propios y que si nadie viene a vernos el sábado o el domingo al hogar, la señora Papineau, la directora, nos deja dormir en su casa.

–Tú tienes al gendarme que viene a verte, eres afortunado.

Y he dicho «sí» pensando en los caramelos de Raymond.

Cuando acaban las clases, guardamos nuestros cuadernos y nuestros lápices y nuestros libros en la cartera y nos despedimos del señor Paul, sobre todo Ahmed, que no quiere soltarle la mano, y subimos de nuevo al autocar de Gérard con Pauline, que nos cuenta con los dedos, y recuperamos nuestros sitios.

Gérard enciende su caja de música y a veces Simon, Gérard y yo cantamos el *Juanita Banana* de Henri Salvador y Pauline canta «¡piedad!» y no tiene ni idea: eso ni siquiera está en la canción.

Cuando llegamos al hogar, vamos todos a ver a la señora Papineau para contarle cómo nos ha ido el día y enseñarle la casa de nuestros sueños, o para coger los caramelos del armario.

El otro día, Béatrice volvió a preguntar a la señora Papineau, con los dedos en la nariz, si podía hablar por teléfono con su mamá.

Simon dice que la mamá de Béatrice siempre promete venir a verla y que no viene nunca y que Béatrice sale fuera cada vez que oye un coche y que siempre es el coche de algún otro y que el domingo por la noche no es un espectáculo agradable de ver, con sus ojos completamente enrojecidos.

La señora Papineau contestó a Béatrice «ven a verme a las siete de la tarde, llamaremos a tu mamá», y lo dijo con una ancha sonrisa, como si esa vez la cosa fuera a funcionar.

El domingo Raymond vino a verme, pero no llegó ningún coche para Béatrice. Rosy la tomó entre sus brazos y se veía la cabeza de Béatrice perdida en el voluminoso pecho y sus hombros bailar bajo las caricias de Rosy.

Después de los caramelos de la directora, vamos a merendar con Rosy, que nos come a besos, y huele a chocolate y pan tostado, y Alice se sube a las rodillas de Rosy y Rosy consigue hacerle tragar una tostada con mermelada apartándole el largo pelo moreno.

Luego hacemos los deberes y Rosy viene con frecuencia a ayudar a Ahmed, que cree que dos y dos son ocho. Cuando Rosy está presente, Simon y yo nos aplicamos y respondemos en lugar de Ahmed, y Rosy dice «¿no tenéis otra cosa que hacer?» y nosotros decimos «no» y Rosy levanta los ojos al cielo porque Ahmed lloriquea.

Después vamos a la ducha y Simon dice «acabaremos por derretirnos con tanta agua caliente» y Rosy lo vigila.

Cuando estamos limpios, podemos ir a jugar, y como es invierno jugamos dentro.

Alice viste a su muñeca con un pantalón y encima le pone un vestido y dos jerséis, y tira del pelo a la muñeca y le da dos azotainas, «niña mala, eres una niña muy mala».

La muñeca de Béatrice siempre va desnuda.

Béatrice la estrecha contra su pecho y le canta canciones.

Un día me dijo con los dedos en la nariz «en mi casa siempre hace sol, y mi mamá se viste con un bañador y eso es todo, y pronto vendrá a verme y traerá el sol», y se rio y pude ver sus dientecitos, muy blancos, y su lengua rosada.

Boris y Antoine juegan al «juego del diccionario» y nadie quiere jugar con ellos, y Simon, Ahmed y yo jugamos a tú la llevas o al escondite, y siempre es Ahmed quien pierde y luego lloriquea.

Un día, Simon y yo encerramos a Ahmed en el armario donde se había escondido. Fue Rosy quien lo encontró, y tenía aspecto preocupado y Simon y yo no dijimos nada, excepto a Ahmed, «te conviene tener la boca cerrada», y Ahmed no dijo nada en toda la noche.

Después de la cena vamos a lavarnos los dientes y esperamos bien tapados en la cama el beso de Rosy. Y a veces Rosy envía a Simon de vuelta al cuarto de baño debido al perejil que se le ha quedado entre los dientes.

Al principio yo quería ver la tele todas las noches, pero «la televisión es únicamente para los lunes por la noche», dijo Rosy.

Y ni eso, pues tenemos que ver dibujos animados a causa de los más pequeños, como la historia de *La bella durmiente*, que espera años bajo una campana de cristal a que su príncipe vaya a liberarla. Y el príncipe se toma su tiempo, hasta el punto de que parece como si se estuviese preguntando si ir o no.

El martes por la tarde toca piscina.

Todos los niños del hogar pueden ir, y el autocar de Gérard va lleno a rebosar de «críos sobreexcitados», como dice Pauline, que va vestida como en las películas de James

Bond. Lleva un vestido superceñido y los ojos pintados de verde o de malva y su boca, completamente roja, es enorme y lleva montones de joyas en las muñecas y en los dedos y alrededor del cuello.

Hay que ver a Rosy cuando mira a Pauline.

No son ojos lo que tiene, sino metralletas.

Simon dice que con unos ojos así apiolaría también a los otros dos ducadores, Michel y François, que vienen con nosotros a la piscina solo para hacer el recorrido con Pauline.

Simon, que lo sabe todo, dijo un día «la sucia Zorrita va a encontrarse con su novio. Los vi una tarde al salir más temprano de la piscina. Estaban apoyados contra el autocar sobándose cantidad, y el novio le había levantado la falda superceñida con la mano y buscaba algo debajo y Pauline decía "¡oh, sí!, ¡oh, no!, aquí no, ¡oh, sí!" y trataba de ayudarle, pero el novio no encontró nada y retiró la mano y Pauline se estiró el vestido y el novio se fue diciendo "hasta luego, gatita"».

Simon también dijo «eso de "gatita" le va bien, porque los gatos, cuando se enfadan, saltan sobre la gente, y Pauline, cuando hay un hombre cerca, siempre está dispuesta a saltarle encima».

No sé de dónde saca Simon todo eso.

A veces, antes de apagar la luz, Rosy nos canta una nana.

—A dormir va la rosa de los rosales; a dormir va mi niño porque ya es tarde. Mi niño se va a dormir con los ojitos cerrados, como duermen los jilgueros encima de los tejados. Este niño tiene sueño, muy pronto se va a dormir; tiene un ojito cerrado y el otro no lo puede abrir.

Y Ahmed se duerme siempre antes del final.

El miércoles jugamos al fútbol y después, cuando no llueve, vamos a pasear por el bosque con Michel y François.

Michel lleva el pelo largo y una barba negra que se le come toda la parte de abajo de la cara.

Simon dice que esconde un secreto dentro y yo pregunto «¿qué secreto?» y Simon responde «el secreto de los barbudos» y yo no entiendo nada.

A veces hundo los dedos en su barba y es un poco como el musgo alrededor de los árboles y no encuentro ningún secreto.

Michel es muy viejo. Tiene al menos cuarenta años.

Y lleva ropa demasiado ancha.

Boris dice que debe de tener un hermano mayor que le pasa toda su ropa y yo me digo que a mí también me habría gustado tener un hermano, que me habría dado ropas demasiado grandes, pero que mamá prefería beber cerveza antes que ir a comprarme un hermano.

A veces la echo de menos, y he comprendido muy bien que nunca vendrá a verme al hogar.

Raymond volvió a mi casa para recoger toda mi ropa y dice que mi casa está «precintada».

—¿Qué quiere decir eso? —pregunté.

—Quiere decir que ya no puede entrar nadie.

—Y si mamá se harta de estar en el cielo con papá y le apetece una cerveza, ¿cómo se las arreglará si ya no puede entrar?

Y Raymond me respondió que en el cielo había hasta cerveza y que mamá se quedaría allí para siempre y que no volvería a verla nunca y yo lloré.

Hablé de ello a Rosy.

—¿Qué tonterías son esas? —dijo Rosy—. No hay cerveza en el cielo. Tu mamá toca el arpa.

—¿Qué es el arpa?

—Es un instrumento musical.

—Ah, pues me sorprendería mucho que tocase el arpa como tú dices, porque aparte de la cerveza, la tele, el mercadillo y las canciones de Céline Dion, a mamá no le interesa nada.

Rosy me estrechó la cara entre las manos: «No debes decir eso, Calabacín mío, a tu mamá le interesabas sobre todo tú. Todas las mamás quieren a su pequeño aunque no se lo digan».

François, el otro ducador, ya no tiene pelo y a veces, cuando Boris falla con el balón, dice «la culpa es de Cabeza de Huevo» y eso nos hace reír, excepto a François Cabeza de Huevo, que dice a Boris «si te oigo una sola vez más llamarme así, irás a recoger hojas bajo los árboles», y entonces Boris se lo dice únicamente a los que saben leer los labios.

Es decir, a nosotros, los niños del hogar.

En el fútbol solo nos reunimos los chicos, porque no es un deporte para chicas.

Las chicas juegan al voleibol o a papás y mamás o a costura.

En el hogar, al menos somos cuarenta niños.

Cada grupo de diez tiene su cocina, su sala y sus habitaciones, y no nos mezclamos, excepto en el fútbol, en la piscina o cuando vamos a pasear por el bosque.

Lo que pasa es que a Simon, a Ahmed y a mí no nos interesa demasiado conocer a los otros chavales porque estamos bien entre nosotros.

En el fútbol les ponemos la zancadilla cuando los ducadores miran a otra parte y a veces lloriquean al caer y nosotros decimos «no son más que unos mentirosos» cuando nos señalan con el dedo.

Simon y yo acusamos también a Ahmed si las cosas van mal, y Ahmed sabe que «le conviene tener la boca cerrada», así que dice «no lo he hecho adrede» y lloriquea y el ducador dice «penalti» y seguimos jugando al fútbol.

En nuestro equipo siempre es Antoine quien tira los penaltis.

Se diría que ha comido carne de león: envía la pelota la tira de lejos y una vez no volvimos a encontrarla.

En el equipo contrario es Aziz quien tira los penaltis, siempre nos mira a nosotros y no a la portería, y un día Boris recibió el balón en plena cara.

Boris nunca siente nada.

Cabeza de Huevo se puso blanco como el papel al ver que a Boris le salía sangre por la nariz. Se fue a la enfermería con Boris, y Aziz dijo al barbudo «no lo he hecho adrede» mientras nos miraba con maldad a Simon y a mí.

Boris volvió con un esparadrapo en la nariz.

Cabeza de Huevo se quedó en la enfermería.

Fuimos a pasear por el bosque y pregunté a Boris «¿te duele?» y Boris respondió «no» y me sentí superimpresionado.

Todos queríamos vengarnos de Aziz, excepto Jujube, que estaba de morros a causa del esparadrapo. Antoine le puso la zancadilla y Aziz cayó en un charco. Cuando se levantó, estaba todo sucio y lloriqueaba. Dijo que le habíamos empujado y nosotros dijimos «chorradas» y el barbudo se fue con Aziz y nosotros seguimos saltando en los charcos y aplastando la leña seca sin que nadie nos vigilara.

El viernes, después de la merienda, voy a ver a la psicóloga.

La señora Colette me enseña dibujos en tinta negra y debo decir qué me recuerdan, o me da plastilina y hago lo que quiero con ella.

En su despacho también hay lápices de colores y puedo dibujar si me aburro. Una vez intenté dibujar el teatro de marionetas. Enseñé mi dibujo a la señora Colette, que dijo «interesante», pero yo no vi qué encontraba de interesante, puesto que su teatro me había salido mal y más bien se parecía a una caja roja con una cinta que dibujé encima como en los regalos y no sé por qué.

Cuando me enseña sus dibujos en tinta negra, digo lo que me pasa por la cabeza:

—Es un muerto viviente que toca la trompeta.

—Es una vaca que se come a un mono.

—Es el revólver del asesino de mujeres rubias.

Ella dice «¿y de dónde viene el revólver?».

Y yo respondo «pues del telediario».

A veces me pregunto de dónde saca sus preguntas.

Después de los dibujos en tinta negra, me pregunta qué me apetece hacer y yo digo «me apetece ir a jugar con Simon y Ahmed», y deja que me vaya. O bien agarro la plastilina y juego con ella y hago monstruos como en *La guerra de las galaxias* y la señora Colette me pregunta qué son; se diría que nunca ve la tele.

A veces lo que modelo no se parece a nada y a la señora Colette siempre se le ocurre alguna idea.

Dice «¿es un corazón?», y yo no sé dónde ve un corazón y digo «no» y ella dice «¿es una bala?», y la cosa continúa mucho rato hasta que yo digo «sí» porque veo claramente que eso le gustará y a veces digo «no es nada en absoluto, no vale nada», y ella dice «no hay que decir eso, Calabacín. Sí tiene valor. Lo que cuenta es tratar de hacer algo que se parezca a algo. ¿Captas el matiz?», y yo digo que sí con la cabeza porque tengo ganas de ir a jugar con Simon.

–¿Piensas a veces en tu mamá?

–Sí, cuando veo la tele el lunes por la noche o cuando el barbudo se toma una cerveza a escondidas en el bosque o cuando hablo de ella con Rosy o con Raymond.

Ella mira sus papeles y dice:

–¿Y a Raymond lo quieres mucho?

–Oh, sí, es muy amable. La última vez vino con un radiocasete solo para mí y me dijo que tenía un niño de mi edad que se parecía a mí.

–Bien. ¿Y cómo van las cosas aquí?

–¿Aquí, contigo?

–No, en Les Fontaines, pero podemos hablar de nuestros encuentros si lo prefieres.

–Bueno, no tengo mucho que decir. Todo el mundo es muy amable en Les Fontaines, excepto ese tonto del culo de Aziz, y se come bien, vaya.

A veces me harto de todas esas preguntas y le digo si puedo irme a jugar, y la señora Colette deja que me vaya.

Antes de irme guardo mis dibujos en el cajón que lleva mi nombre.

La primera vez taché Icare con el rotulador negro y escribí «Calabacín» encima con lápices de colores.

Todos los niños tienen un cajón, excepto Simon.

Pregunté por qué a la señora Colette y me respondió que Simon no iba a verla. Repetí «¿por qué?» y me dijo que la curiosidad era un defecto muy feo y me acompañó a la puerta.

Entonces pregunté por qué a Simon y me dijo «porque no me apetece ir a ver a la psicóloga», y volví a preguntar por qué y me dijo «a veces eres un plasta, Calabacín».

Creo que Simon lo sabe todo sobre nosotros y nada sobre él mismo.

El juez no se parece al señor gordo de la tele que siempre encuentra a los culpables antes que la policía. Es muy delgado y cuando está de pie no deja de subirse el pantalón. Me muerdo la mejilla para no echarme a reír pensando en Rosy, que me ha dicho cien veces «el juez es un señor importante y no debes burlarte de él».

Rosy me conoce bien.

Incluso me pidió que escupiera en el suelo después del «cruz de madera, cruz de hierro, si miento que me vaya al infierno» e insistió la tira en ello.

—Debes causar buena impresión, al menos la primera vez. Así que cuida tu lengua, nada de palabrotas, ¿eh?, y, sobre todo, responde a sus preguntas sin hacerte el listo.

La señora Papineau también está allí, y es normal, estamos en su despacho, no iba a quedarse fuera...

La puerta está cerrada, y cuando la puerta de la señora Papineau está cerrada nadie se atreve a entrar debido a los castigos; ni siquiera la secretaria asoma la cabeza a causa de la mirada de la directora el otro día, que le hizo farfullar un «oh, perdone, volveré más tarde».

—Dime, hijo mío, ¿te acuerdas de tu papá? —me pregunta el juez.

—No; era demasiado pequeño cuando mi papá se fue a dar la vuelta al mundo con una pelandusca. A veces le pedía a mamá que me hablara de él y solo recibía palabrotas.

Un día me dijo que el mal siempre procedía de la gente de ciudad, como papá, con sus zapatos de charol y sus bonitas palabras que sonaban más falsas que el canto del gallo.

—Y tu mamá, ¿te acuerdas de su accidente?

—No; fue ella quien me lo contó. Un día, volvía del mercadillo, donde no había encontrado nada, y conducía el Peugeot 404 y fue a chocar contra el roble del vecino, que luego talaron para hacer una cama y una mesa al vecino debido a un señor y sus malditos papeles, en los que estaba escrito «embargado por impago de deudas». En los de mamá pone «persona inválida», y como mi papá no dejó dirección y yo existo, otro señor muy amable dijo a mamá que ya no necesitaba trabajar en la fábrica y desde entonces le dan dinero todos los meses para comprar camisas de mi talla y comida.

—¿Y cómo iban las cosas con tu mamá antes del accidente?

—Superbién. Cuando mamá todavía iba a la fábrica, yo me levantaba con el despertador, que cantaba en mis oídos. Me preparaba el desayuno solo, un tazón de chocolate y una tostada con mermelada de fresa, y corría con la mochila a la espalda para llegar al autocar. Cuando volvía del cole, mamá me esperaba en la cocina con un vaso de leche y tostadas con mantequilla espolvoreadas de azúcar y yo le contaba cómo me había ido el día, que había ganado a las canicas en el recreo con el gordo Marcel, o el día en que la maestra se había sentado en la silla con el chicle de Grégory debajo del culo y todos los renglones que tuvimos que escribir porque nadie quiso chivarse de Grégory, a quien después le quitaron la colección de adhesivos, y mamá reía y yo también. Sí que se tomaba una cerveza, pero no una detrás de otra. Antes de ponerse a ver la tele, me ayudaba a hacer los deberes y yo no miraba demasiado al hijo de los vecinos por la ventana y tenía mejores notas en el colegio y ella no gritaba por una tontería.

–¿Fue después cuando todo se estropeó, pequeño?

–Sí, bebía mucha cerveza, y veía la tele todo el día y ya ni siquiera la apagaba, y su vieja bata estaba cubierta de manchas y sus pantuflas llenas de agujeros para que los dedos de sus pies tomaran el aire. Ya no me hacía repasar los deberes y ni siquiera miraba mis notas y le importaban un bledo las reuniones en el colegio, a las que nunca iba. Cuando gritaba, y gritaba siempre, solía ser por nada, ni siquiera por una trastada, como si yo fuera sordo, cuando nunca había nadie en casa aparte de nosotros dos, y yo iba con frecuencia al desván, donde estaba tranquilo a causa de su pierna enferma. La oía gritar «¡Calabacín! ¡No me obligues a subir!», pero como yo sabía muy bien que no podía hacerlo, no respondía y jugaba al fútbol con las manzanas. Entonces ella gritaba más fuerte «¡pedazo de cabrón, te vas a llevar la paliza del siglo!», y yo me dormía en el mismo suelo para que se olvidara de pegarme. A la mañana siguiente me iba al colegio sin tomarme el desayuno y por la tarde volvía con un ramillete de flores silvestres recogidas por el camino. Mamá decía «¡oh, qué amable, Calabacín mío, qué bonitas flores! Debes de tener algo que hacerte perdonar», y yo respondía «sí» con la cabeza, y antes de haber tenido tiempo de decir «uf», recibía una bofetada con todos sus dedos, que se quedaban mucho rato marcados en mi mejilla. Me frotaba un poco la cara, la miraba como el *cowboy* mira al piel roja antes de arrancarle el cuero cabelludo, me tragaba las lágrimas, apretaba los puños y decía «ten cuidado o te arrancaré el cuero cabelludo». Mamá levantaba los ojos y decía al techo «no es posible, no es un Calabacín lo que tengo, es un cernícalo», y se iba a poner agua en el jarrón para las flores cantando una canción de Céline Dion. Mamá era así. A veces gritaba y luego olvidaba por qué estaba gritando, entonces se pone a cantar, o ve la tele y yo dejo de existir.

—¿Cómo que dejas de existir?

—Cuando tenía algo que decirme, se lo decía a la tele. Al volver del cole la encontraba hundida en un viejo sillón, con el mando a distancia en una mano y la lata de cerveza en la otra. Decía a la tele «ve a lavarte las manos» o «¿a qué espera ese idiota para besarla?» o «tráeme una fresca a la nevera» o «esa puta viste como una puta». Me lavaba las manos. Retiraba de las suyas la lata vacía y la sustituía por otra fresca. Iba a mi cuarto a hacer los deberes para agradar a la maestra, o si no, miraba al hijo del vecino por la ventana, que se revolcaba en el barro con los cerdos, y le envidiaba. A veces volvía a bajar y encontraba a mamá dormida delante de la tele con un montón de latas vacías por el suelo. Si apagaba la tele, la despertaba y me llevaba un mamporro, así que ya no apagaba la tele, recogía las latas sin hacer ruido, las echaba al cubo de la basura y subía a acostarme.

—¿Y tú también veías la tele?

—Oh, sí, la tele es guay. Me gusta sobre todo el telediario, parece una película, solo salen catástrofes y como no dura mucho no te duermes. Después viene el programa del mal tiempo. La señora anuncia lluvia, borrascas y tormentas. «Y el terremoto», dice mamá a la señora, «¿es para pasado mañana?». La señora sonríe a mamá, «el ciclón

Amandine procedente del Caribe resulta visible gracias a nuestras fotos vía satélite». «Mamá, ¿qué es un ciclón?», pregunto. «Una tormenta terrible que arranca los tejados de las casas», responde. «Ah, bueno», digo yo, «¿y por qué la tormenta terrible se llama *Amandine*?». Y ella me contesta «porque las tormentas terribles son siempre mujeres, como la pelandusca del idiota de tu padre». Yo pregunto «¿una gallina puede arrancar los tejados de las casas?». Y ella dice «me pones los nervios de punta, Calabacín. Si sigues con tus preguntas, te mandaré a la cama».

−¿Y solo veías eso en la televisión?

−Oh, no. *Da un giro a tu vida, Preguntas para el mejor, Cuestión de opiniones, Por la alfombra de la fama, Llévate los millones...* todo eso, vaya. Cenábamos delante de la tele y después yo solía dormirme, y me despertaba una lata que me tiraba mamá antes de decir a la tele «ya es la hora, ve a acostarte». Y a veces, cuando mirábamos una película, mamá lloraba mucho. Decía que las escenas de amor le recordaban al idiota de mi papá y daba un trago de cerveza y maldecía a los hombres, «todos unos canallas, gandules, cobardes», y yo le decía que algún día también yo sería un hombre, y eso la calmaba un poco. Volvía a lloriquear, se sonaba con una servilleta de papel y decía «es verdad que algún día serás un hombre, pero también tú me abandonarás por una pelandusca». Y volvía a empezar una sesión de llanto. Entonces yo decía que las gallinas no me gustaban y que nunca la abandonaría porque hacía un puré delicioso. Eso la hacía reír y luego decía a la tele «ve a acostarte» y yo la besaba en la frente y subía a mi habitación y me sentía desgraciado. Pensaba en el gigante de mi padre y en su cabeza en las nubes y me decía que el

49

cielo había hecho daño a mamá y que un día la vengaría como en las películas y mataría al cielo para que nunca más viéramos las nubes que solo mean desgracias.

—Bien, bien... ¿Quieres un vaso de agua, pequeño? —pregunta el juez mordisqueando el boli, por encima de sus hojas llenas de palabras.

—Sí, gracias, señor, ¿y después puedo ir a jugar? No es que me aburra con usted, pero he prometido a Simon que le dejaría ganar a las canicas, aunque no sea verdad.

—¡Icare! —dice la señora Papineau como si yo hubiera soltado una palabrota.

—No, déjelo, señora Papineau. Además, ya he tomado bastantes notas. Solo una última pregunta, muchacho. ¿Te sientes a gusto aquí?

Bebo el vaso de agua antes de contestar «pues sí, se come bien, y tengo un montón de amigos. Pero la tele no es nada del otro mundo. No podemos ver nada aparte de los dibujos animados en el vídeo. Rosy dice que el telediario no es para niños, y las películas y los programas tampoco. A Rosy no le gusta la tele. Hace mal, porque la imagino muy bien saliendo en *Da un giro a tu vida* y mirándose completamente cambiada en el espejo».

Eso hace reír a la señora Papineau.

El juez, por su parte, se levanta y se sube el pantalón con una sonrisa.

—Pareces un buen chico, pequeño, rebosante de optimismo. Eso es importante en la vida. Sobre todo en la tuya, te será de ayuda.

No entiendo nada, pero le devuelvo la sonrisa pensando en Rosy, que se sentirá contenta.

Creo que he causado buena impresión.

—¿Puedo irme ahora?

Y la señora Papineau mira al juez y los dos me dirigen la misma mirada y está llena de ternura.

—Sí, Calabacín, ve a reunirte con tus amigos —dice la directora—. Pero nada de armar jaleo, no quiero oíros desde mi despacho como ayer.

—No, prometido, señora Papineau.

Y salgo andando hacia atrás y me siento muy contento de cerrar la puerta tras de mí.

Hoy es domingo y espero a Raymond oyendo la radio, donde solo suena Aznavour y no vale nada, y cambio de emisora con el botón y suena «disco», como dice Rosy con gesto de asco, pero a mí me gusta mucho la música disco. Ahmed se ha ido a casa del maestro y Simon también se ha marchado, solo que él no ha querido decir adónde iba.

Esta mañana he subido al último piso de Les Fontaines y he llamado a la puerta de Rosy.

—¿Quién es?

—¡Pues yo, Calabacín!

Ha abierto la puerta e iba en bata y pantuflas y eso me hizo pensar en mamá, solo que en su bata no se veían manchas y las pantuflas no tenían agujeros.

—Dime, Rosy, ¿sabes adónde ha ido Simon?

—Sí.

—Entonces, ¡dímelo!

Rosy me ha acariciado la cabeza.

—No vale la pena que grites, caballerete, no estoy sorda, pero no puedo decirte dónde está Simon. Es él quien debe hacerlo.

—Gilipolleces —he dicho.

Y Rosy se ha enfadado, «nada de palabrotas conmigo o vuelves enseguida a tu habitación».

Me he calmado porque no tenía ganas de recibir la paliza del siglo.

—¡Por favor, Rosy!

—Si tuviera un secreto tuyo no se lo diría a nadie, a menos que tú me lo pidieras. Y Simon no me ha pedido que te dijese el suyo.

—Se habrá olvidado.

Rosy ha levantado los ojos al cielo, «anda, sé bueno, no insistas, no diré nada. ¿Y Raymond no viene a verte hoy?».

—Sí, no tardará.

—Entonces vuelve a tu cuarto.

Y ha cerrado la puerta de un portazo.

Rosy es el único ducador que duerme en el hogar.

Michel, François, Pauline y los demás tienen todos casa propia.

Pero Rosy nos quiere demasiado para tener una casa propia.

De esa manera, el domingo puede consolar a Béatrice, y tenemos derecho a llamar a la puerta de su habitación cuando queremos contarle una historia y a veces nos hace pasar y nos ofrece té, pero esa vez no tuve ni té ni nada. Me fui a mi cuarto y miré por la ventana, desde donde se ve el parque, la gravilla, los árboles para el castigo, las verjas negras y, más lejos, el camino de asfalto, el río, y después solo hierba, árboles y casas. Lo único que hay es un burro, y no debemos acercarnos a él porque muerde. Rosy me dijo que los niños lo habían vuelto malo a fuerza de tirarle de las orejas o la cola.

Y luego el coche de Raymond, con su pequeña borla azul en el techo, ha estacionado bajo mi ventana y yo he bajado corriendo por la escalera.

Siempre lleva la camisa por fuera del pantalón debido a su barriga y transpira bajo la cazadora como si hubiera circulado a pleno sol.

Abre los brazos y le salto al cuello.

—¿Cómo va eso, pequeño? —dice Raymond con su fuerte voz.

Le cuento la jornada del miércoles, cuando jugué al fútbol con mis compañeros y le dimos de hostias a Aziz.

—No se dice dar de hostias. ¿Quién te ha enseñado eso?

—Pues Simon.

—Ya, ese bribón.

—¿Qué es un bribón?

—Un mocoso malcriado.

—Entonces, ¿por qué no dices mocoso malcriado? Eso lo entiendo.

—Porque mocoso malcriado no se dice.

—¡Pues tú ya lo has dicho dos veces!

Y nos reímos, y como hace buen tiempo vamos a pasear por el camino de asfalto.

Hago desaparecer mi mano en la suya.

Raymond me sonríe con los ojos y sus gruesas cejas se enarcan.

—Mira, te he traído una foto de mi hijo; se llama Víctor.

Y me enseña la foto de Víctor en brazos de una señora con blusa amarilla y a mí no me da la impresión de que Víctor se me parezca.

—¿Quién es la señora?

—Era mi mujer —dice Raymond, y ya no sonríe con los ojos—. También ella se fue al cielo.

—¿Por qué?

—Porque estaba muy enferma, pero eso no son historias para ti. Así pues, ¿no opinas que mi Víctor se te parece?

Y contesto «sí» para que esté contento.

Yo soy rubio, él es moreno, yo tengo los ojos azules, los suyos son marrones, y sobre todo, no me gustaría que me peinasen así. Yo me paso la mano y ya está, no necesito peine. Y, además, él no tiene un lunar en la nariz. A veces Simon se burla de mí, «tienes una mosca en la nariz», y yo le tiro del pelo y él dice «era una broma» y yo digo «lo mío también».

Raymond ha arrancado una hierba, que chupa entre los dientes.

—¿Te gustaría venir de vez en cuando a mi casa?

Le miro guardar el billetero en el bolsillo trasero del pantalón, con la foto de Víctor dentro, y digo «sí, por supuesto» y él aprieta mi mano en la suya.

—Hablaré con la directora.

Y yo pienso que Víctor es demasiado buen chico para él y que necesita un mocoso malcriado como yo.

Vamos a sentarnos en la hierba a la orilla del río.

—¿No tienes frío? —dice Raymond.

—No.

Y se quita la cazadora y me envuelve con ella.

A veces las personas mayores no escuchan nada de nada.

La primera vez que vino a visitarme al hogar se me hizo muy raro verlo sin su gorra y su uniforme de gendarme. Salta a la vista que lleva gorra por la marca de su frente, que no se va, pero al principio Simon y Ahmed no querían creer que era un gendarme. Luego vieron el coche con borla y desde entonces Ahmed tiene miedo de Raymond. Simon me dijo que era a causa de su papá, que había sido detenido, y pensé cómo narices sabía eso Simon y pregunté a Ahmed si era cierto.

—Ahmed dice que los gendarmes son unos corruptos —le digo a Raymond.

—No todos somos corruptos, y a veces resulta difícil detener a la gente cuando los niños se hallan presentes, pero si lo hacemos es por su bien, y en ocasiones no tenemos elección.

Y se rasca la cabeza, «los niños no han elegido tener un padre atracador, o algo peor, y, sin embargo, son ellos quienes pagan los platos rotos».

Me pregunto por qué el papá va a la cárcel por unos platos rotos.

Y luego seguimos hablando de los malos y empieza a hacer frío y volvemos.

Raymond me estrecha contra su pecho y me dice «pórtate bien, muchacho» y yo le devuelvo la cazadora y me pellizca la mejilla antes de marcharse.

Estoy en lo alto de los escalones cuando oigo un coche a mi espalda y me vuelvo por si es Raymond, que a veces vuelve solo para abrazarme, pero este coche no lleva borla encima.

Veo a una señora salir con una niña que me mira y me siento muy raro, como si me costara mirar a otra parte, y la señora tira del brazo de la niña, «venga, date prisa», y seguimos mirándonos intensamente.

La señora hace como si yo no estuviera allí.

Me adelanta y abre la puerta arrastrando siempre a la niña tras de sí.

La puerta se cierra y estoy seguro de que la niña me ha guiñado el ojo antes de desaparecer.

La niña se llama Camille.

Pienso en ella incluso en su presencia.

Cuando me mira, me pongo colorado como un tomate.

Parece una flor silvestre que no quieres tocar para que no se deshaga entre tus dedos.

Duerme en la habitación de Béatrice y Alice.

En la cocina, Alice se sienta sobre sus rodillas y se aparta el pelo con una mano para comérsela con la mirada mientras se chupa el pulgar de la otra.

Béatrice incluso llegó a ofrecer sus albondiguillas de la nariz a Camille, que dijo «no, gracias». Un «no, gracias» tan amable que daba la impresión de decir lo contrario.

Al principio, Simon trató por todos los medios de impresionarla. Dijo «estás en prisión para tres años por lo menos» y «te conviene untarme de mantequilla las tostadas por la mañana». Y Camille respondió «prefiero quedarme cien años aquí antes que pasar un solo segundo más en casa de tata Nicole. Y en cuanto a lo de untar tus tostadas, no te conviene pedírmelo dos veces o cojo un cuchillo y te corto en pedazos». Y desde entonces es Simon quien le unta las tostadas.

Ahmed lloriquea porque nunca consigue sentarse al lado de Camille, y cuando Jujube le enseña su esparadrapo, Camille dice «oh, vaya, cuánto debe de dolerte, pobrecito mío» y Jujube nos mira como si fuéramos monstruos.

Incluso Boris se quitó el esparadrapo de la nariz, solo que en su caso era con motivo. Camille le besó la costra y Boris se puso tan rojo como yo.

Antoine se levantó la camiseta para enseñarle cómo los médicos le habían recosido la barriga después de una «apendicitis» (otra palabra para el juego del diccionario) y Rosy dijo «¡a ver si acabáis ya con ese circo!» y todos nos sentamos alrededor de la mesa porque teníamos superhambre.

Camille me susurró al oído «y tú, Calabacín mío, ¿no tienes ninguna pupa que enseñarme?», y le enseñé mi lunar y ella me besó la nariz y me miró con sus ojos tan verdes y yo abrí la boca, pero no me salió nada.

Los miércoles, Camille no juega ni a mamás y papás, ni a costura, sino al fútbol con nosotros, los chicos.

Lleva consigo la muñeca que le regaló la señora Papineau la primera tarde, pero nunca juega con ella.

Al principio se nos hizo muy raro, sobre todo a Cabeza de Huevo, que dijo «¿sabes jugar al menos?», y Camille envió el balón directamente a la red y Aziz no tuvo siquiera tiempo de decir «¿qué cachondeo es este?» cuando el gol ya era nuestro.

—Bueno, parece que sí sabes jugar —dijo Cabeza de Huevo.

—No como tú, Cabeza de Huevo —soltó Boris.

—Cuidado, Boris. Si sigues llamándome así, te envío a recoger las hojas bajo los árboles.

Y Boris se bajó el pantalón e hizo pipí en la hierba mirando al ducador, que se enfadó mucho.

—Y los aseos, Boris, ¿los conoces?

—No había tiempo, era urgente.

Y Boris se metió el chisme sacudiéndolo un poco.

—Déjalo correr, François —dijo el barbudo.

A Camille se le crisparon los nervios: «¿Jugamos o nos dedicamos a mirar la pilila de Boris?».

Y nosotros ya no podíamos jugar, tanta era nuestra risa, y creo que fue Jujube quien dijo «miramos la pilila de Boris» y Boris se fue corriendo.

Después fuimos a pasear por el bosque.

—Ese François es un cobardica, pero me gusta mucho Michel, es barbudo como mi papá.

Y yo pregunté «¿cuál es el secreto de los barbudos?».

—Si lo supiéramos ya no sería un secreto.

—¿Dónde está tu papá?

Camille no contestó.

Me llevó de la mano y nos perdimos en el bosque.

Ya no oíamos a nadie, excepto nuestros pasos sobre la hojarasca y los *flic floc* de nuestras bambas en los charcos.

Camille se tumbó bajo un árbol y me dijo «ven aquí, miraremos las hojas», y yo me tendí cerca de ella y miramos las hojas y el sol que jugaba con ellas como si cientos de lamparitas se encendieran y se apagaran bajo el verde de las hojas. Puse la cabeza en su hombro y luego creo que todas las luces se apagaron y me dormí.

Cuando abrí los ojos, los de Camille no estaban abiertos.

Dormía de lado, con las rodillas dobladas sobre el pecho, con sus vaqueros y el grueso jersey gris que le cubría el cuello. Toqué sus largos cabellos oscuros y eran tan finos que se me escurrían entre los dedos. Miré su naricita respingona y pegué el oído a ella y oí su respiración ligera. No sé por qué, puse mi boca sobre la suya y Camille abrió sus ojos tan verdes y yo retrocedí como si me hubiera mordido.

Se desperezó como un gato.

—Hay que volver, Calabacín, si no Rosy se enfadará.

Y cuando llegamos al hogar, Rosy, el barbudo y Cabeza de Huevo nos esperaban en lo alto de la escalinata.

Fuimos directos al despacho de la señora Papineau y la directora cerró la puerta detrás de nosotros. Como su puerta siempre está abierta, excepto cuando un señor o una señora vienen a verla, me dije que la puerta cerrada no era una buena señal.

—Niños, no hay que alejarse del grupo de esa manera —empezó mientras jugueteaba con un boli sin dejar de mirarnos a través de sus gruesas gafas—. Michel y François estaban muy preocupados, os han buscado por todas partes. ¿Dónde os habéis metido?

Miré a Camille, que me miró antes de responder «es culpa mía, señora Papineau, lo siento muchísimo, fuimos al bosque a mirar la luz bajo las hojas de los árboles y nos dormimos».

Y yo dije «no, no es la culpa de Camille, señora Papineau, es culpa mía».

—Icare, no se dice «la» culpa de Camille, sino culpa de Camille.

—Da lo mismo, y además no es culpa suya, le digo.

—Bien, ¿sabes lo que os espera?

—¿La barandilla?

—Sí, y no quiero que haya una próxima vez. Si os alejáis una vez más del grupo, me mostraré muy severa, y creedme, puedo serlo. —Y dejó caer el bolígrafo en la mesa.

No me habría gustado estar en el lugar del boli.

—Camille, tu tía viene a verte el domingo. Ahora puedes salir, tengo que hablar con Icare. Después de los deberes, él te explicará cómo limpiar la barandilla.

Camille se levantó sin decir palabra. Una vez en la puerta, se volvió y sus ojos se posaron en mí. Me parecieron menos verdes que de costumbre.

—Icare, solo quería decirte que Raymond no podrá venir el domingo. Su hijo está enfermo. Me encargó que te dijera que pensaba en ti. Ese día el señor Paul llevará un pequeño grupo a París para ir a visitar el museo de las ciencias de La Villette. Deberías ir. Bien, puedes marcharte a hacer los deberes, ya no es hora de merendar. Y no quiero que volváis a apartaros del grupo, ¿entendido?

—Entendido, señora Papineau.

—Icare, puedes llamarme Geneviève. Pareceré menos vieja.

—De acuerdo, señora Papineau, pero solo si tú me llamas Calabacín.

Y me fui pensando en Raymond, que no vendría a verme a causa del hijo que se me parece, en la tía de Camille, que vendría a ver a Camille, la cual pierde el color de sus ojos cuando le hablan de esa bruja, y en la gran ciudad, adonde podría ir el domingo.

Pero sin Camille no me apetecía.

Cuando entré en la habitación, Simon levantó la vista de sus cuadernos, Rosy apartó la mano del hombro de Ahmed y todo el mundo me miró.

—Bien —dijo Rosy—, ve a sentarte al lado de Simon. Iré a buscarte una taza de chocolate.

—Yo también quiero —dijo Ahmed.

Rosy respondió «ya te has tomado dos tazas, se te hinchará la barriga» y salió del cuarto, y Ahmed se miró la barriga como si se le hubiera puesto enorme y lloriqueó y Simon dijo «este crío es un auténtico bebé» y yo calmé a Ahmed agitando el conejito de peluche bajo su nariz.

—Oye, ¿dónde os habíais metido? —me preguntó Simon—. Os hemos buscado por todas partes. Fue más divertido que el juego de pista con la chorrada esa de los caramelos que siempre están escondidos en los mismos sitios.

—Nos perdimos y fuimos a tumbarnos bajo los árboles y nos dormimos, eso es todo.

—¿Quieres mucho a Camille?

—¿Tú no?

—No sé, yo no me he perdido en el bosque con ella.

—¿Qué quieres decir, Simon? A veces no te entiendo.

—Creo que estás enamorado de Camille.

—¿Qué significa *enamorado?*

—*Enamorado* es cuando se piensa todo el tiempo en la misma persona.

Ahmed dijo entre sollozos «pues entonces yo estoy enamorado de mi papá» y Rosy llegó con una bandeja y dijo «¿qué le habéis hecho esta vez para que llore de esa manera?» y Simon y yo hicimos un gesto separando las manos como dos niños buenos.

Rosy depositó la bandeja sobre el pequeño escritorio y se sentó en la cama de Ahmed.

—A ver, cariño, ¿por qué esa pena tan grande?

—Estoy enamorado de mi papá.

Rosy miró a Simon. «¿Eres tú quien le ha enseñado a decir una tontería semejante?»

Simon dijo «no» con la cabeza y Ahmed se tumbó en el regazo de Rosy y se chupó el pulgar y yo engullí la tarta de manzana e hice mis deberes porque tenía superganas de hacer la barandilla con Camille.

Fui a buscar los trapos y la cera bajo el fregadero de la cocina y luego a Camille a su habitación.

Alice dormía y Béatrice quería venir con nosotros y Camille dijo «no, tú no estás castigada, te doy mi muñeca, puedes jugar con ella» y Béatrice se puso muy contenta.

Al pie de la escalera, puse un poco de producto en el trapo y dije a Camille «yo froto y tú das otra pasada detrás de mí para que brille».

Y subimos los dos pisos hasta los estudios de arriba del todo.

—La última vez que hice la barandilla —dije— estaba con Simon y nos encontramos a Myriam, una vieja de veinticinco años que vive en uno de los estudios. Está en Les Fontaines desde hace tiempo y ahora es abogada o algo así y sigue durmiendo aquí. Simon dijo que estaría mejor en una casa propia y Myriam respondió «pero es que esta es mi casa» y Simon dijo «esa tía está chalada, esto no es una casa, es una prisión» y yo le dije «no tan alto, Simon, o volveremos a hacer la barandilla mañana por la tarde».

—Y a ti, ¿te gustaría vivir aquí todo el tiempo? —me preguntó Camille.

—Bueno, no sé, a veces pienso en mi casa y no sirve de nada, porque ya nadie puede entrar en ella. Aquí tengo amigos y Raymond viene a verme casi todos los domingos y tú estás aquí.

—Eres muy amable al decirme eso, Calabacín. Pero y tú, ¿ya no tienes familia? ¿Han muerto todos?

—Sí, excepto el gigante de mi papá, que se fue a dar la vuelta al mundo con una pelandusca y sus zapatos de charol y su voz de gallo.

—Tienes suerte. A mí me queda tata Nicole, pero es muy malvada. Cuando mis padres se fueron, viví en su casa, que olía mal y estaba sucia. Tuve que limpiarlo todo y nunca estaba lo bastante bien hecho para esa bruja que con frecuencia me privaba de comer, o me daba pan duro con pasta que se pegaba al plato y un trozo de carne negra como el carbón, y eso los días buenos. Los demás, encendía velas en todas las habitaciones y había que pedir perdón al buen Dios por todos los pecados que se habían cometido durante el día, y mi tata veía pecados por todas partes y todo el tiempo. Ven, bajemos, o volverán a castigarnos y esta vez no creo que la señora Papineau nos envíe a hacer la barandilla a los dos.

Nos miramos intensamente.

—¿Sabes? —dijo Camille—, en el bosque no dormía de verdad.

Yo no supe qué decir, así que me peiné el pelo con la mano.

—Y me gustó mucho cuando me besaste. Nadie me había besado nunca antes. Excepto papá, en la frente, cuando estaba en casa, y mamá cuando tenía tiempo, un beso en la mejilla, y me enviaba a acostarme. Yo oía llamar a la puerta y me las arreglaba para mirar, pero nunca era papá ni tampoco el mismo hombre.

Entonces le agarré la mano y bajamos la escalera sin decir nada, con nuestras manos pegadas la una a la otra.

Por la noche cenamos sopa de verduras, espaguetis con salsa de tomate y carne picada y yogur de fresa. Alice se dejó alimentar por Camille y después de cada bocado se metía el pulgar en la boca y Ahmed igual. Si la cosa continúa, pronto no les quedará pulgar a esos dos.

Boris y Antoine quitaron la mesa y Jujube rompió un vaso, «me he hecho daño», y Rosy le miró el dedo y dijo «no eres tú quien se ha hecho daño, sino el vaso». Y recogió los trozos.

Simon y yo lavamos los platos y después fuimos a lavarnos los dientes y Rosy pasó revista y volvió al cuarto de baño con Simon. Ahmed dormía ya cuando Rosy nos cantó *Le grand manteau rouge*.

Parecía más cansada que nosotros.

Simon dijo que tenía «bolsas bajo los ojos» y me pregunté adónde iría así, en plena noche, con esas bolsas y luego pensé en Camille y en la palabra «enamorado».

A veces Simon me da miedo.

Conoce todos nuestros secretos, salvo quizá el de los barbudos.

El señor Paul nos habla de los romanos.

Yo digo a Camille al oído «antes eran los hombres de Cro-Magnon, que se vestían con pieles de animales y vivían en cuevas. El maestro los conoció bien. En aquella época no se lavaban con jabón, que no existía, sino por casualidad cuando caían al agua».

Y el señor Paul me pregunta «¿qué acabo de decir, Icare?» y yo respondo «no lo sé» y el señor Paul me envía al rincón de la pizarra.

Boris dice «los romanos no tenían nada que hacer al lado de los galos, que los zarandeaban con un dedo, sobre todo cuando habían bebido la poción mágica. Los romanos bebían vino de garrafa y comían uvas y dátiles en sus tiendas».

El señor Paul dice que la historia es más seria que todo eso y Boris responde «entonces no es interesante» y el señor Paul lo envía al otro rincón de la pizarra y Boris y yo nos guiñamos el ojo.

Antoine dice «mi hermano tiene razón, y además los romanos eran unos bárbaros que metían a los prisioneros en jaulas con los tigres, y el jefe de los romanos levantaba el puño con el pulgar hacia abajo, y los tigres se comían a los prisioneros porque no les daban nada más y la multitud aplaudía y la historia de los romanos es una chorrada, yo prefiero la de los hombres de la prehistoria».

Jujube dice «¿qué significa *bárbaro,* señor Paul?», y el señor Paul: *«Bárbaro* procede del griego *barbaros,* que significa *extranjero.* Antoine nos hablaba del lado inhumano de los romanos, ¿no es así, Antoine?», y Jujube: «¿El griego vivía en cuevas o en tiendas? Yo ya no entiendo nada», y el señor Paul: «Bueno, ya basta, volvamos a los campamentos de los romanos», y Jujube lloriquea.

Camille dice «no llores, cariñín, el griego se bronceaba los dedos de los pies en la playa con su crema solar y le traían sin cuidado los romanos, los galos e incluso los hombres de la prehistoria», y todos reímos, excepto el señor Paul, que envía a Camille al fondo de la clase.

—Todavía queda un rincón, ¡cuidado, es una advertencia!

Y fue a Antoine a quien le tocó a causa de un «yo me iría muy a gusto a jugar a la pelota».

Después de comer, Camille empieza «la casa de sus sueños» y no quiere poner cortinas en las ventanas.

Dice al señor Paul «en la casa de mis sueños todo está abierto, así todo el mundo puede venir y yo veo quién es asomándome por la ventana».

Béatrice hace entrar a los animalitos en su casa tras sacarse los dedos de la nariz, «a mi mamá le gusta mucho jugar con las gallinas y los cerdos negros cuando papá no está. Después nos apresuramos a hacerlos salir, pero papá igual se enfurece. Dice que su casa huele a mierda y que no están bien esos bañadores que llevamos a menos que lo que busquemos sea exhibirnos medio desnudas, sobre todo mamá, y después le pega y yo voy a esconderme bajo el fregadero».

Eso hace toser al maestro.

Jujube dice «señor Paul, ¿puedes venir a pegar el tejado de mi casa?, me da angustia», y en su casa no hay muebles, solo galletas que puede sacar por las ventanas o la puerta.

Simon ayuda a Ahmed a construir la casa de sus sueños, que «no existe». Pinta las ventanas de negro y murmura no sé qué al oído de Ahmed y por una vez eso le hace sonreír.

En el autocar pregunto a Simon qué le dijo a Ahmed.

—Le dije que la casa de sus sueños era una en la que podría vivir con su papá y la convertí en una prisión con barrotes en las ventanas y pinté las ventanas de negro porque cuando estás en la cárcel nunca ves el día.

—¿Cómo sabes esas cosas?

—Porque sí.

—¿Porque sí qué?

—Eres un plasta, Calabacín.

—Eso no ha sido muy amable, Simon —dice Camille.

—Hace demasiadas preguntas, no es culpa mía, y además estamos discutiendo entre chicos, a ti no te importa.

—¡Ah, conque a mí no me importa!

Y Camille tira del pelo a Simon, que hace lo mismo con el suyo, y Pauline los separa con un «basta de chiquilladas, id cada uno a sentaros en un sitio y lo más lejos posible el uno del otro, si no, hablaré de ello a la señora Papineau». Boris grita a su espalda «sucia Zorrita» y Pauline se queda con la boca abierta con el chicle dentro, «¿quién ha dicho eso?», y nosotros decimos «¿quién ha dicho qué?», y Pauline responde «nada» y se sienta enfurruñada al lado de Gérard, que canta *Les Petites Femmes de Pigalle*.

Ella dice «no es una canción apropiada para los niños» y Gérard «ah, ¿también a mí me denunciarás a la señora Papineau?» y todos reímos y Pauline no vuelve a decir nada hasta Les Fontaines.

Todos cantamos *Les Petites Femmes de Pigalle,* excepto Boris, con su *walkman* en los oídos, que canta con Camille *Joe le taxi* y juegan a ver quién canta más fuerte y ya no sé quién ganó aquel día.

Llamo a la puerta de la señora Colette y oigo «un momento» y espero en el pasillo.

La puerta se abre y la voz de Camille dice «no quiero verla», y la señora Colette responde «ella te quiere mucho, ya lo sabes», y veo a Camille alejarse con un «ni siquiera es verdad» y ni siquiera me ve a causa de sus ojos llenos de lágrimas.

Miro los dibujos en tinta negra y digo:

—Es Camille que consuela a Béatrice.

—Es Camille que juega al fútbol.

—Es Camille que se esconde en el armario.

Y la señora Colette pregunta «¿por qué se esconde en el armario?». Y yo respondo «bueno, porque no quiere ver a tata Nicole».

A veces la señora Colette debería lavarse un poco los ojos.

—Quieres mucho a la pequeña Camille —dice la señora Colette, y como no sé si es una pregunta, pues no contesto.

Balanceo las piernas en la silla y me inclino y cojo la plastilina y modelo un corazón y digo «es para ti, señora Colette» y le tiendo mi corazón y la señora Colette lo toma y dice «gracias, es una pelota muy bonita» y no digo nada porque a veces la señora Colette parece idiota.

—¿Sueles charlar con Camille?

—Pues sí, hablamos todo el rato, salvo cuando paseamos por el bosque.

Y voy y me pongo más rojo que un tomate, «en el bosque miramos la luz bajo las hojas de los árboles, eso es todo».

La señora Colette me mira de forma rara, «¿de qué habláis Camille y tú?».

—Hablamos del señor Paul o de Rosy o de la sucia Zorrita o de...

—¿Y quién es la sucia Zorrita?

—Yo no he dicho sucia Zorrita.

—Sí que lo has dicho.

—¿Ahora, hace un momento?

—No, antes. Estoy esperando, Icare.

Y no parece estar de broma, así que le suelto «bueno, vale, la sucia Zorrita es Pauline».

—No es muy amable que la llames así. No quiero volver a oírte decir eso, ¿de acuerdo?

Y yo respondo *okey,* como en las películas.

—A veces también hablamos de la tata de Camille —digo.

—¿Y qué te dice Camille?

—Dice que su tata es muy mala con ella, salvo cuando hay gente cerca. Entonces finge ser amable, como el primer día con la señora Papineau y después con el juez. Dice también que cuando vivían juntas, tata Nicole nunca estaba contenta, ni siquiera cuando Camille limpiaba toda la casa, y nunca estaba lo bastante limpia para ella, y eso que Camille frotaba hasta que le dolían los dedos y toda la casa brillaba, al contrario que ella con su ropa, que nunca lavaba.

—¿Camille te cuenta eso?

—Sí, y también que su tata la obligaba a encender velas por toda la casa y a pedir perdón al buen Dios por todos los pecados, pero Camille no había tenido tiempo de cometerlos, al tener que limpiar la casa cuando volvía del colegio. Pero igual pedía perdón, si no, su tata la castigaba sin comer, y a veces tampoco servía de nada, la castigaba igualmente. El buen Dios, señora Colette, debe de estar ocupado en otra parte o es sordo o no tiene ni pizca de corazón.

—¿Sabes, Calabacín?, hay tantas desgracias en este mundo que el buen Dios no puede estar en todas partes.

—Al menos podría estar presente para Camille.

—Estoy segura de que en cualquier caso está ahí para todos vosotros y cuidará de todos.

—Nos da igual, nosotros tenemos a Rosy, ella se ocupa mejor de nosotros que el buen Dios, que se oculta detrás de las nubes y nunca está ahí cuando lo necesitas.

—¿Quién te dijo que nunca estaba ahí cuando lo necesitabas?

—Mamá, cuando ya no iba a la fábrica, y Simon, una vez, cuando habló del accidente de los padres de Boris y Antoine.

—¿Y con Simon también hablas?

—Siempre sabe muchas cosas sobre los demás, pero sobre él nunca dice nada. ¿Por qué está aquí, señora Colette?

—No puedo decírtelo, es un secreto.

—¿Como el de los barbudos?

—¿Los barbudos?

—Todos los barbudos tienen un secreto, pero no sé cuál, y me gustaría saberlo.

Y entonces la señora Colette se echa a reír y yo pongo mala cara porque no me gusta que se burlen de mí.

—No pongas esa cara, Calabacín. No me río de ti, pero has de saber que se dice que los barbudos tienen algo que ocultar porque se dejan crecer la barba. Eso es todo. No existe ningún secreto.

Miro a la señora Colette y pienso que solo dice estupideces, porque nosotros los niños sabemos muy bien que los barbudos tienen un secreto, pero la señora Colette no, porque es una persona mayor y las personas mayores siempre creen saberlo todo.

Cuando aún vivía con mamá, esperaba a Papá Noel todo el año. Pensaba que tal vez le apeteciera volver por lo de mi lista, que no paraba de crecer, y dejaba las zapatillas junto a la chimenea y por la mañana seguían vacías y mi corazón también.

–Te he dicho cien veces que Papá Noel solo viene por Navidad –gritaba mamá–, así que guarda tus zapatillas. Aquí no hay criada, aparte de mí.

Tampoco he entendido nunca cómo se las arreglaba para bajar por la chimenea con sus kilos de más y su abultada chaqueta roja y sus regalos sin quedar atrapado ni ensuciarse, o incluso quemarse con el fuego, que cuesta menos que la calefacción. ¿Por qué no llamaba a la puerta, en verano y con camiseta y bambas? Así iría más ligero y llevaría muchos más regalos en su saco.

Además, viene de noche, cuando duermo, y no puedo decirle cara a cara que sus regalos nunca están en mi lista y que ha debido de equivocarse con otro niño, con sus naranjas, sus caramelos y sus soldaditos de plomo, cuando yo solo he pedido, entre otras cosas, un coche de carreras y un oso gigante y un garaje como el de Grégory. Se diría que está tan sordo como mamá cuando ve la tele y yo le hago preguntas.

Una vez me escondí detrás del sofá para decirle mi opinión y traté de mantener los ojos abiertos, pero Papá

Noel debió de enviarme polvos mágicos y me dormí. Mamá me despertó, «si Papá Noel te ve una sola vez no volverá nunca», y yo no volví a hacerlo. Pese a todo, me sentía muy contento de jugar con mis soldaditos de plomo.

En Les Fontaines todos los niños se han reunido por Navidad, y el maestro y la psicóloga y la directora y también todos los ducadores y los mayores que viven en los estudios, y Raymond y la tata de Camille y los padres que no están en la cárcel o en el cielo, y eso es mucha gente.

Solo Cabeza de Huevo no ha venido por su gripe, pero yo creo que no tiene nada de nada porque no le he oído toser. Cabeza de Huevo es un cobardica que tiene miedo de todo, incluso de Papá Noel.

El día de Navidad todos los niños montamos un espectáculo. Nos disfrazamos y tuvimos que aprendernos cosas de memoria como en el cole. Simon me dijo que teníamos suerte de tener a Gérard para ocuparse de la música, porque el domingo fue a casa de la señora Papineau y solo escuchó a Mozart.

—¿Por qué fuiste a casa de la señora Papineau el domingo? ¿Y quién es Mozart, un amigo de la directora?

Y me respondió «eres un plasta, Calabacín, con tus preguntas».

Aprender de carrerilla no es lo mío, y no veo qué tienen que ver las carreras con eso.

Además, cuando corres el corazón se te acelera, como el mío por Camille.

Boris dice que si pones el corazón boca abajo parece un culo, y a Rosy no le ha hecho gracia.

En cambio, disfrazarse es chuli.

Los ducadores nos ayudaron a fabricar nuestros trajes y yo voy de Terminator, con el papel de aluminio de Ferdinand, el cocinero, y tengo un arma que lanza relámpagos y que hace «taratatá» y el papá de Aziz me dijo que él tenía la misma antes de ir a la cárcel y se la di a Boris, porque no quiero acabar entre rejas con solo papilla para comer.

Béatrice se disfrazó de pájaro, con el gorro azul de la piscina en la cabeza y plumas de pavo real alrededor de la cintura, y se sentó y las plumas hicieron cosquillas a Rosy, que hizo un gesto con la mano como si fueran moscas.

Cuando Pauline me pidió que fuera a recoger las plumas de los pavos reales, dije «no, gracias, tengo deberes que hacer», pero no era verdad, lo que pasaba era que me daba miedo que los pavos reales me mordieran el tobillo, como el burro que tiene miedo de nosotros.

Los hermanos Chafouin, por su parte, se han convertido en hombres de Cro-Magnon. Llevan en la espalda las pieles de animales de Pauline y en la cabeza sus pelucas, y se dan mazazos y ni siquiera les duele.

Jujube se ha disfrazado de herido grave, con las vendas de Yvonne, la enfermera, y solo se le ven los ojos y la boca.

Ahmed no quería disfrazarse y fue Camille quien pensó en el conejito de peluche. Rosy le plantó dos orejotas de cartón en la cabeza y Simon le dijo que parecía verdaderamente un bebé y Ahmed replicó que su traje de *cowboy* no valía nada y que si lo hubiera sabido se habría disfrazado de indio para quemarle los pies y Rosy los separó antes de que se pegaran y Simon se vengó escondiendo el conejito y Ahmed lloriqueó y Simon fue a buscarlo antes de que abriéramos los regalos y Ahmed dijo «gracias, *cowboy*» y Simon sonrió y ya no estaban enfadados.

Las dos grandes alas del ángel Camille están llenas de plumas, y nos reímos mucho cuando reventamos viejas almohadas para eso, excepto Jujube, que no paraba de estornudar.

Al ver a Camille de ángel te entran ganas de subir al cielo con ella. De todas formas, yo iría a cualquier parte con Camille.

Le pedí al señor Paul que buscara un poema sobre un ángel y me aprendí el poema del señor Prévert solo por Camille:

> *Être ange / c'est étrange / dit l'ange / Être âne / c'est étrâne / dit l'âne / Cela ne veut rien dire / dit l'ange en haussant les ailes / Pourtant / si étrange veut dire quelque chose / étrâne est plus étrange qu'étrange / dit l'âne / Étrange est / dit l'ange en tapant des pieds / Étranger vous même / dit l'âne / Et il s'envole*[*].

Piso las tablas y tengo un perro atascado en la garganta y me digo que no lo conseguiré. He querido hacerme el interesante por Camille y ahora me muero de canguelo y veo que todo el mundo me mira, sobre todo el maestro, que me lo ha hecho repetir trescientas veces.

------

[*] Poema de Jacques Prévert intraducible, pues se basa en juegos de palabra fonéticos y gráficos, no semánticos. Esta es la traducción literal: «Ser ángel / es extraño / dice el ángel / Ser asno / es "extrasno" / dice el asno / Eso no significa nada / dice el ángel encogiéndose de alas / Sin embargo / si extraño significa algo / "estrasno" es más extraño que extraño / dice el asno / Extraño es / dice el ángel dando patadas en el suelo / Extranjero usted / dice el asno / y echa a volar». *(N. de la T.)*

Dice «veamos, Calabacín, acuérdate: "Ser ángel / es..."».

Y yo me lanzo: «Ser ángel / es...» y no aparto la vista de Camille y recito el poema lentamente y sin equivocarme, como si leyera las palabras en el verde de sus ojos y veo cómo sus manos me aplauden.

Su tía la bruja está allí y no necesita disfraz para parecerlo: con su boca sin labios, sus ojillos malvados y su ropa negra de pies a cabeza da todavía más miedo que el burro y ni un solo niño quiere acercarse a ella.

Yo presento mi ángel a Raymond, que lleva un bonito traje y una corbata y me siento muy contento de oírle decir «es un angelito precioso» y de ver a Camille ponerse roja por primera vez.

Raymond dice también que ha hablado con la señora Papineau y que puedo ir a su casa todo un fin de semana si quiero.

—Sí –digo–, pero solo si Camille viene también.

—No veo por qué la directora habría de decir que no. –Y nos mira a los dos con una ancha sonrisa.

Y llega Papá Noel y yo me digo que pese a todo mi regalo más bonito es la sonrisa de Raymond.

Vamos todos a sentarnos, menos Ahmed, que se esconde debajo de la mesa.

Es la primera vez que veo a Papá Noel de verdad y no le quito ojo.

Me da la impresión de que se parece a Cabeza de Huevo y se lo digo a la señora Papineau.

Me responde «tienes mucha imaginación. Sería mejor que te la guardases para ti».

Y pregunto a Boris qué significa *imaginación*.

—La imaginación es restituir a la memoria percepciones o experiencias anteriores.

Y no entiendo ni jota, pero me da igual.

Digo a Simon «¿Papá Noel ha bajado por la chimenea?».

—No, le he visto por la ventana de la habitación cuando he ido a buscar el conejito de peluche de Ahmed, salía del Mercedes de Gérard.

—¿Y qué ha hecho con su trineo y sus vacas con cuernos?

—No son vacas con cuernos, cernícalo, sino renos.

—Mi nombre es Calabacín, no Cernícalo —digo.

Los regalos están debajo del abeto con nuestros nombres encima y estoy impaciente por abrir los míos.

Papá Noel dice entonces «a ver, niños, ¿os habéis portado bien?».

Y nosotros gritamos «¡síii!» aunque no sea verdad, porque estamos seguros de que si no, no tendremos nada.

—Bien, podéis acercaros al abeto, pero si veo a un niño que no se porte bien avisaré al hombre del saco.

Y nos acercamos todos en silencio menos Ahmed, que no quiere salir de su escondite porque tiene miedo «del señor todo de rojo y del hombre del saco».

Los ducadores nos dan nuestros regalos y nos precipitamos sobre ellos y nos olvidamos de portarnos bien y que perdone el hombre del saco: es Navidad.

Nunca he tenido un regalo tan grande.

Al principio pienso que está lleno de naranjas y caramelos y soldaditos de plomo y cuando descubro el garaje de Grégory no puedo dar crédito a mis ojos.

Me digo que Papá Noel ha recibido por fin mi carta, que Rosy fue a echar al correo con todas las demás.

Quizá mamá no tenía la dirección correcta.

Entonces voy a besar a Papá Noel y se me pega a la boca un poco de barba blanca.

—Toma, es para ti —me dice Raymond, y me tiende un gran paquete amarillo con una cinta roja.

—¿Qué es? —digo con los ojos brillantes, y no espero la respuesta, arranco el nudo con los dientes y encuentro un oso gigante y digo «oh, vaya, mierda» y Raymond «nada de palabrotas en Navidad» y me echo a reír, «¿solo en Navidad?», y tiendo los brazos y Raymond me aúpa hasta su cuello y huele bien a colonia.

Después vamos todos a sentarnos para comer el paté de Navidad, el pavo con puré de castañas y el tronco helado de Papá Noel.

—Delicioso este foiegras —dice la tía de Camille.

Y veo cómo por debajo de la mesa su tenedor pincha el muslo de mi ángel. Yo no temo a la bruja y me levanto y dejo caer un poco de sal en su champán cuando está hablando con el señor Paul y digo «feliz Navidad» cuando lo escupe todo sobre el paté de Pauline, que no se da cuenta de nada debido a que un papá le está contando secretos al oído.

Boris dice que las pieles de animales que cubren su espalda (y la de su hermano) son de Pauline y que ella se tumba encima con un amigo para mirar el fuego. Rosy lo oye y dice «pero bueno» apretando los dientes y mira a Pauline y al papá, que ríen, y dice «es una vergüenza» y se va a refunfuñar a otra mesa.

Hago una seña a Camille para que venga, pero la bruja le hinca sus dedos como dientes, «está muy bien aquí, ¿no es así, cariño?».

Y su cariño grita «¡suéltame!, me haces daño».

El señor Paul mira a la bruja, «es Navidad, querida señora», le dice con su vozarrón, y la bruja se pone colorada,

80

«desde luego, desde luego», y suelta a Camille, que corre a refugiarse a mi lado.

El señor Paul me hace un guiño y veo muy bien en su ojo abierto que la bruja ha perdido.

Está toda acartonada en su asiento y parece tener cien años. Se lo merece.

Esta mañana Ahmed no se ha hecho pipí en la cama y Rosy estaba muy contenta de no tener que cambiar las sábanas y Ahmed también, y se reía, y cuando se ríe es peor que cuando lloriquea: se parece al chirrido de la tiza en la pizarra y te deja sordo.

Entonces Simon y yo hemos jugado al juego de la almohada. Consiste en sujetar la cabeza de Ahmed debajo, así no se le oye ni lloriquear ni reírse, pero Rosy y la señora Colette han llegado todo sonrientes en ese momento, y Simon solo ha tenido tiempo de decir «te conviene tener la boca cerrada».

Rosy ha mirado a Ahmed y su sonrisa ha desaparecido.

—¿Por qué estás tan rojo, Ahmed? —Y, volviéndose hacia nosotros—: ¿Se puede saber qué le habéis hecho esta vez?

Simon ha contestado «nada, Rosy, nos reíamos, por eso está tan rojo, ¿verdad, Ahmed?».

Ahmed ha dicho «yo no he hecho nada, no he hecho nada» y se ha puesto a lloriquear y las miradas de Rosy y la señora Colette han subido hasta el techo y después se han llevado a Ahmed no sé dónde.

Simon me dice que el papá de Ahmed ha salido de la cárcel y que viene a verle porque echa de menos la prisión.

—¿Por qué estaba en la cárcel el papá de Ahmed? —pregunto.

—Porque atracó un banco y secuestró al banquero.

—¿Y qué hizo con él después?

—¿Con el dinero?

—No, con el banquero.

—Pues nada, fue herido por un gendarme y el banquero huyó y a él lo detuvieron.

—¿Y por qué huyó el banquero? El banquero no había hecho nada.

—A veces eres un plasta, Calabacín, con tus preguntas.

Me pregunto qué aspecto tendrá el papá de Ahmed.

Por lo general los malos tienen una cara horrible y llevan el pelo sucio y no van afeitados y mascan chicle y solo saben decir palabrotas. Tal vez el papá de Ahmed no era malo y solo quería robar dinero a causa de su mujer, que estaba muy enferma, como en el telediario.

Pero ¿qué sentido tiene llevarse al banquero?

Después del desayuno, Camille y yo nos vamos a pasear por el bosque. No es fácil estar a solas, porque Béatrice o Alice siempre quieren venir y a veces los chicos también y hemos de obrar con astucia como los sioux.

Camille ha hecho creer a las chicas que iba a buscar caramelos al despacho de la señora Papineau y yo he dicho a Simon que iba a ver a Rosy.

Camille siempre lleva los vaqueros y el jersey gris que le cubre el cuello. Me agarra la mano y avanza a la pata coja. Yo hago lo mismo y nos alejamos del hogar como si solo tuviéramos una pierna.

Pierdo el equilibrio y los dos caemos de lado.

—¿Te has hecho daño? —me pregunta Camille.

—No. ¿Y tú?

—No.

Y nos quedamos en el suelo, tumbados en el camino, entre los campos y el río.

—Ahmed está con su papá —digo.

—¡Qué suerte tiene Ahmed!

—Su papá ha salido de la cárcel. Robó dinero y al banquero.

—El mío también habría ido a la cárcel, me dijo el juez, si no se hubiera tirado al Sena.

—¿Tu papá se tiró al Sena?

Me incorporo sobre un codo y miro a Camille, que mira el cielo con briznas de hierba en sus largos cabellos.

—Sí, después de haber matado a mamá.

Y entonces pienso en lo que yo hice.

En el juez que dice «este chico es un menor incapacitado».

En Raymond, «el revólver no es un juguete, pequeño».

Y vuelvo a ver a mamá, que quiere arrebatarme el revólver y yo lo sujeto con fuerza y suena el disparo y la mato por segunda vez.

—También yo maté a mamá.

—Sí, lo sé. Simon me lo dijo.

—Ese siempre lo sabe todo.

Y no digo nada más. Espero. No debo lastimar a Camille con mis preguntas. A veces las preguntas hacen daño.

Y Camille habla al cielo.

—Mamá era costurera. Trabajaba en casa y la gente llamaba a la puerta con su camisa para remendar, sus calcetines, sus cortinas, sus pantalones, o grandes trozos de tela que en manos de mamá se transformaban en manteles o vestidos. Cuando me iba al colegio, ella ya estaba inclinada sobre la máquina y me enviaba un beso con la mano.

Y cuando volvía, ella seguía inclinada sobre la máquina, con sus dedos deslizándose sobre la tela, el ruido de la máquina y a su lado la cesta vaciada. Iba a sentarme en sus rodillas, ella se pasaba la mano por la frente y luego me decía «ve a tomar la merienda, mamá todavía tiene trabajo», y el trabajo no se acababa nunca. Por la noche la gente seguía llamando a la puerta, pero esos venían con las manos vacías. Una noche, justo antes de ir a acostarme, pregunté a mamá qué tenían para remendar esos señores que venían con las manos vacías y ella me respondió sonriendo «su corazón, cariño mío». Yo no tenía derecho a salir de mi habitación cuando oía el timbre, pero lo hacía igualmente a escondidas y mamá nunca vio cómo la miraba arreglar el corazón de los señores. Ya no trabajaba con un dedal, una aguja o con su máquina, solo con la lengua.

–¿Y tu papá dónde estaba?

–Nunca estaba allí. Cuando también él llamaba a la puerta, no era para mucho tiempo. Le entregaba la ropa sucia a mamá, se tomaba varias copas y me besaba en la frente, pero a mí no me gustaba a causa del olor, y tenía una bronca con mamá antes de marcharse dando un portazo. A veces la telefoneaba y todo eran peleas. Yo oía a mamá decir «la vida que me haces llevar no es vida», o «has vuelto a beber, no puedo más», o «te gastas todo el dinero con tus gilipolleces», o «¿y quién va a pagar las facturas una vez más?». Un día papá me preguntó cómo ocupaba mamá sus noches y le dije que remendaba el corazón de los hombres con su lengua y entonces papá colgó. Ni siquiera pude decirle «hasta la vista» o pasarle el auricular a mamá. A la noche siguiente llamó a la puerta y mamá gritó «pero ¿qué estás haciendo aquí?» y el señor que se había escondido detrás de mamá dijo «bueno, yo me voy». Papá le ayudó tirándole la ropa por la ventana. Después papá y mamá tuvieron una pelea tremenda y yo lloraba, pero nadie me prestaba atención. Entonces tiré de la chaqueta a papá y él se volvió y me gritó «¡ve a acostarte!» y yo tuve miedo y fingí que me iba a mi cuarto, pero me quedé en la escalera y vi a papá beber el whisky de la misma botella y oí a mamá decirle «sí, anda, bebe un trago, eso al menos sabes hacerlo». Papá gritó «¿y eso qué significa, guarra?», y mamá a su vez gritó «¿guarra? ¿Es todo lo que se te ocurre decir, con esa manguera fofa que solo te sirve para mear? ¿Y cómo crees que pago las facturas? ¡Me sacrifico y encima me tratas de guarra! ¿Cómo te atreves? ¡Maldito impotente!». Y entonces papá la golpeó con el puño y ella cayó al suelo y yo grité, pero nadie me prestó atención. Papá arrastró a mamá del pelo y la echó fuera a patadas y cerró de un portazo y oí ruido de llaves y me quedé encerrada.

—¿Qué significa *impotente?*

—No lo sé, pero no debe de ser algo bueno, si no papá no se habría puesto como un basilisco.

—¿Y estuviste mucho tiempo encerrada en la casa?

—Sí. Pensaba que iban a volver, miraba por la ventana y solo veía la noche, y luego vino una señora con su perro y grité que estaba encerrada y que mis padres se habían ido y la señora dijo «no te muevas, pequeña, voy a llamar a la policía» y me quedé en la ventana hasta que los gendarmes llegaron y echaron la puerta abajo y la señora entró con su perro y yo no hacía más que llorar.

Apoyo la cabeza en el vientre de Camille y miro el cielo tan azul, sin nubes, sin el buen Dios para ocultarse dentro, sin nadie, ni mamá, ni papá. Pienso que estamos completamente solos en el mundo. Y siento cómo la mano de Camille me acaricia el pelo y luego la cara y sus dedos giran alrededor de mi lunar.

—Es bonito este granito negro –dice Camille–. Seguro que tienes un secreto escondido en el interior.

Y aprieta para conocer mi secreto y yo la miro y se inclina para besarme en la boca.

Es como en la tele.

Tengo ganas de casarme con Camille, solo que en las películas las personas que se quieren son siempre muy viejas.

—¿Crees que está mal? –pregunto.

—¿El qué?

—Besarse en la boca, ¿crees que está mal?

—No lo sé –responde Camille.

—¿En qué piensas? –pregunto.

—En nada –dice Camille en mis labios, y saca la lengua y yo abro mucho la boca y no sé qué hacer.

—Has de sacar la lengua y jugar con la mía, como si quisieras atraparla. Mamá hacía eso con aquel señor.

Y juego con su lengua y me siento muy raro y tengo mucho calor.

—¿Tú no tienes calor? –le pregunto.

Y nos reímos sin saber por qué.

Camille tiene el pelo lleno de briznas de hierba. Se parece al hada Campanilla.

Ya no veo el cielo, solo su cara encima de la mía y su boca que ríe, y le hago cosquillas y ella también y reímos aún más fuerte y rodamos por la hierba y nunca he sido tan feliz, ni siquiera cuando mamá me hacía su puré.

Luego nos levantamos y caminamos sin saber hacia dónde, de la mano, mirando el azul del cielo.

—¿Y volviste a ver a tu papá y tu mamá? —pregunto a causa de una nubecita que acaba de aparecer.

—Pues no, están muertos.

Y su mano aprieta muy fuerte la mía.

Pregunto a Rosy «¿qué quiere decir *impotente?*» y Rosy se queda boquiabierta con un trozo de galleta dentro.

Todo el mundo se ha ido a la gran ciudad, al museo de las ciencias de La Belette o algo así, menos Ahmed, Camille y yo.

—¿Dónde has oído esa palabra? —se sofoca Rosy.

—En el campo.

—¿Y de boca de quién, picaruelo? —insiste Rosy.

Y como no quiero delatar a Camille, respondo «de boca de Ahmed» y me digo que no debo olvidar decirle más tarde «te conviene tener la boca cerrada».

—Bien, ya hablaré más tarde con ese. Voy a darte un ejemplo, será más fácil para ti. Cuando jugáis y gritáis todos demasiado fuerte, puedo pediros que calléis, pero vosotros no me oís y me veo impotente porque no puedo haceros callar. ¿Lo has entendido?

—No, no veo la relación con el papá de Cam..., esto, el papá de Ahmed.

—En cualquier caso es una palabra fea, olvídala.

—Entonces, ¿por qué me das una explicación que no entiendo?

—¿Quieres un poco más de té?

Y pienso en Antoine, que dice «no vale la pena ponerse nervioso», y lo dejo correr.

De todos modos, es a los hermanos Chafouin a quienes debería haber hecho la pregunta. Con su juego del diccionario, sin duda tienen que saberlo.

Miro encima de la cama de Rosy, donde no hay más que libros, y no son cómics.

Cojo uno. Se titula *El nacimiento de Jalna* y solo hay palabras en su interior. Ni siquiera un solo dibujo. En la tapa se ve una chica con un jersey verde y el pelo en la cara como Alice y, detrás de ella, un coche como en las películas antiguas.

—Vaya porquería —digo, y tiro el libro sobre la cama.

—No es ninguna porquería, es una bonita historia, y más adelante, cuando seas mayor, te lo prestaré.

—Nunca seré mayor y no quiero la bonita historia que quieres prestarme.

—Icare, o me hablas con amabilidad o sales de mi habitación.

—Perdóname, Rosy.

Y cojo una galleta y digo «tu cuarto es guay» aunque no sea verdad a causa de los libros sin dibujos y del papel del buen Dios que arde en un platito, y que no huele bien como en la iglesia.

La iglesia es la casa del buen Dios, que nunca está en ella.

No me sorprende, en vista de que siempre hace la tira de frío en su casa. El buen Dios no es idiota, está muy abrigadito en las nubes con el sol que le calienta encima y se protege de las personas que siempre tienen algo que pedirle.

—Sobre todo dinero —dice Simon.

Rosy dice que el buen Dios nos ve todo el tiempo y que lo sabe todo sobre nosotros, incluso cuando hacemos alguna trastada, pero que nos quiere de todos modos y nos lo perdona todo.

Camille dice que la bruja le cuenta todo el tiempo lo contrario y que el buen Dios no la quiere a causa de su

90

padre, que bebía, y de su «Marie, túmbate ahí» de madre, y que irá a reunirse con ellos en el infierno, donde el diablo le quemará los pies. Contesté a Camille que la bruja decía disparates, puesto que la amiga del buen Dios se tumba donde puede, ya que no hay camas en la iglesia. Camille dice que de todas maneras su mamá se llamaba Françoise y no Marie, y yo digo «¿ves como la bruja solo dice chorradas?» y Rosy dice «callaos, estáis en la casa del buen Dios», como si no lo supiéramos.

Alice y Béatrice no han oído nada, duermen la una contra la otra.

Por su parte, Ahmed quiere un caramelo, pero Rosy dice que no puede a causa de su religión, que no es la misma, y pienso que no está bien prohibir los caramelos porque uno sea diferente, y le doy a la chita callando la mitad de mi caramelo, que se deshace en la boca y que ni siquiera está bueno.

Parece cartón.

Rosy nos dice que el señor del hábito blanco y negro es «el representante del buen Dios» y Jujube pregunta si el representante del buen Dios llama a las puertas con cosas para vender en su maleta y Rosy dice «no es lo mismo» y Camille dice que los señores que llaman a la puerta no llevan maleta y Jujube dice «que sí» y Camille «que no» y Rosy «callaos» como si fuéramos sordos.

Jujube y Camille continúan sin sonido y en sus labios se puede leer «sí» o «no» y Jujube pellizca el muslo de Camille y Camille chilla «no» y yo grito «es Jujube, que ha pellizcado a Camille» y hemos de salir a causa de la gente, que se vuelve, y la cosa no resulta fácil debido a Béatrice y Alice, que lloran cuando Rosy las despierta.

Una vez fuera, Rosy nos dice que no vendremos más a la iglesia si nos comportamos de ese modo y Simon dice al subir al autocar de Gérard, que dormita apoyado en el volante, «pues mejor, es un coñazo, y además hace la tira de frío», y aparece Pauline estirándose la falda, «¿ya ha terminado?», y Rosy dice «a ti nadie te ha preguntado nada» y Pauline responde «siempre tan amable, Rosy, ¿es el buen Dios quien te enseña eso?» y Rosy no contesta, la asesina con los ojos, peor que con un revólver.

Yo pregunto por qué en la iglesia la gente llama «padre» al representante del buen Dios y Rosy eleva los ojos al cielo y tampoco me contesta.

Es Pauline quien lo hace, «porque el cura es un padre para sus ovejas descarriadas, ¿verdad, Rosy?», y Rosy hace como si fuera sorda, y Pauline dice «vaya, Rosy, ¿estamos de morros?», y Rosy contesta «tienes suerte de que los niños estén aquí, si no te diría muy clarito lo que pienso de ti», y nosotros decimos «anda, Rosy, dinos lo que piensas de Pauline», y Rosy se desinfla: «Solo cosas buenas, niños, solo cosas buenas».

—¿Te acuerdas de cuando fuimos a la iglesia, Rosy?

—Prefiero no acordarme.

Y me sirve otra taza de té.

—Venga, no pongas mala cara, Rosy. Solo pensaba en lo que dijo Pauline en el autocar. —Reconozco que le busco un poco las cosquillas. Pero eso es propio de los críos. No podemos parar y nos encanta hurgar allí donde más duele.

—A veces piensas demasiado, Calabacín. Pauline es una buena chica. No tengo nada contra ella, y tampoco nada a favor. Tiene su manera de ser y ya está.

—Entre nosotros la llamamos como tú: «sucia Zorrita».
—Y miro a Rosy como si fuera un angelito.

Ella se echa a reír, «no está bien llamarla así», solo que su risa dice lo contrario, y nos guiñamos un ojo.

Luego me pregunta si quiero mucho a Camille y retiro mi guiño.

Camille y yo es algo que no le importa a nadie.

Cojo la última galleta y me la como en silencio.

Rosy, que no es idiota, se arregla el pelo con las manos como si no supiera qué hacer, y no sirve de nada, puesto que lo tiene duro como la paja, y dice con una voz extraña «también yo te quiero mucho, Calabacín».

Miro a Rosy y sus libros y nuestros dibujos que cubren las paredes. Pienso que Rosy solo tiene eso y que, en verdad, está tan sola como nosotros, los niños del hogar, y me acerco a ella y le hago una caricia.

No nos decimos nada. La caricia lo dice todo.

Cuando me voy, Rosy me sonríe.

Y me digo que es una pena que no tenga niños suyos, suyos de verdad, porque los habría querido todavía más que a nosotros, aunque yo no sea capaz de imaginar un cariño así. Rosy no es del tipo de las que se toman una cerveza y hablan a la tele. Si hubiera tenido una mamá como ella, nunca habría subido al desván, y nunca habría registrado el cajón de la cómoda. Y aunque lo hubiera hecho, jamás habría encontrado el revólver. Pero si hubiera tenido una mamá como ella, nunca habría conocido a Camille, y es mejor así. A veces pienso que soy «un menor incapacitado», como dice el juez, aunque solo retenga lo peor de las palabras.

Incapacitado.

Comprendo muy bien que hice una gran tontería.

Y luego, a veces pienso que si no la hubiera hecho, ahora no estaría aquí con mis nuevos amigos y sobre todo con Camille.

Sí, claro, antes tenía a Marcel y Grégory, pero no era lo mismo. El gordo Marcel es un negado para las canicas, y no tenía nada que decirle, excepto «eres un negado para las canicas», aunque me gustaba mucho ganarle. Y Grégory, aparte de lanzar el balón contra la ventana, no sabía nada acerca de nada.

No es que yo lo retenga todo, pero con Simon y los hermanos Chafouin al menos me las voy arreglando.

La bruja se marcha con su bolsito, asfixiándolo bajo el brazo, su boquita sin labios y su ridículo sombrero que parece un orinal.

Camille sale de la habitación.

Sus ojos son menos verdes que de costumbre.

—No sé por qué viene a verme para decirme cosas tan malvadas.

—Cuéntaselo a la señora Papineau —le digo—, y la bruja no volverá.

—Ya lo he hecho. Y a la señora Colette también. Pero yo soy muy pequeña, Calabacín, y nadie me cree.

—Sí, yo te creo.

Nos miramos intensamente y los ojos de Camille recuperan su bonito color.

—Deja de ser la misma persona cuando hay alguien cerca. Juega a hacerse la mamaíta, me acaricia el pelo, dice «pobre pequeña», y a mí eso me da asco, no quiero que me ponga las manos encima ni que me suelte sus palabras al oído. Entonces la rechazo, digo «deja de fingir, me acaricias con tus manos o con tus palabras porque la directora está presente, o el juez, o la señora Colette, pero cuando estamos las dos solas me dices cosas malvadas y me das miedo, no quiero volver a verte». Y entonces hace un mohín, se lleva la mano al corazón y dice al juez, o a la señora Papineau, o a la señora Colette: «Esta pobre criatura aún está bajo los efectos del trauma, no hay que guardarle rencor por ello. Descarga su agresividad en mí, que solo la tengo a ella, y lo cierto es que la comprendo, pobrecita mía, con una madre semejante no es de extrañar, ¿verdad, señora Colette?». Y todas las veces se sale con la suya, lo veo muy bien en sus ojos antes de que digan «vamos, Camille, la verdad es que exageras un poco, ya ves que tu tía te quiere mucho». Los detesto a todos.

—Tengo una idea, Camille.

Y le susurro mi treta de sioux al oído.

—¿Crees que funcionará?

—Claro que sí, si no te equivocas de botones.

Y ahí estamos, en el pasillo, contándonos nuestros secretos, cuando Ahmed sale del despacho de la señora Colette con su papá.

Nos escondemos deprisa detrás de una puerta y oímos a la señora Colette: «No se preocupe, señor Bouradjah, es normal, Ahmed tenía dos años cuando usted se marchó».

Me asomo y veo a Ahmed que no quiere que su papá lo bese.

Entonces me ve y me pongo el dedo sobre la boca y Ahmed sonríe, y digo «no pasa nada» con los labios y Ahmed dice «sí» con los suyos y la señora Colette, que está mirando a Ahmed, se vuelve enseguida.

—¡Icare! ¿Qué estás haciendo ahí, escondido detrás de la puerta?

(Cuando me llaman Icare no es buena señal.)

Camille y yo avanzamos de la mano.

—¡Camille, vaya, también tú estás ahí! Id a mi despacho los dos, iré enseguida. Perdóneme, señor Bouradjah, le acompañaré, si le parece bien.

El papá de Ahmed responde «sí» y me mira y no parece malo. No masca chicle como los malos de las películas y va bien afeitado. No he oído palabrotas y solo veo una cara agradable de papá triste.

–¿Qué hacíais detrás de la puerta, niños?

No he visto entrar a la psicóloga y me sobresalto.

–Nada malo –digo, y en cualquier caso termino mi corazón de plastilina, que ofrezco a Camille.

Pienso que la señora Colette solo verá en él una «pelota muy bonita».

–¿De modo que ofreces tu corazón a Camille, Calabacín?

–Qué dices, es una pelota muy bonita. –Y la miro como si fuese tonta de remate.

–Nos hemos escondido detrás de la puerta –dice Camille– porque la hemos visto salir con Ahmed y su papá y teníamos miedo de que nos riñera.

–¿Y por qué pensabais que iba a reñiros?

–Porque somos niños –responde Camille.

–¿Cómo ha ido con tu tía?

–Oh, eso. Bien, como de costumbre, siempre tan amable esa arpía.

–No debes decir eso, Camille. También para ella resulta difícil, ¿sabes?

–¿Eso crees? ¡La verdad es que haces caso de cualquiera y te tragas cualquier cosa!

–Bien, Icare, sal, por favor. Debo hablar con Camille.

–No, no quiero salir, quiero quedarme con Camille.

–Icare, no me obligues a hacerte salir.

–*Okey.*

Miro a Camille y le digo «es una arpía» con los labios y salgo sin cerrar la puerta tras de mí y oigo la voz de la señora Colette gritar «¡la puerta!» y me hago el sordo y echo a correr hacia mi habitación.

Ahmed está tumbado bajo la manta y nada asoma, excepto la oreja del conejito.

—¿Estás muerto? —digo levantando la manta, y veo su carita deshecha en lágrimas contra el peluche.

Ahmed dice algo con el pulgar en la boca y no comprendo nada, así que me siento en la cama y le saco el pulgar y digo «repite».

—No es mi papá.

Y veo brotar una tonelada de lágrimas.

—¿Cómo que no es tu papá?

—Mi papá lleva barba y un montón de pelo.

—¿Eres gilipollas o qué? Se lo ha cortado todo. En la cárcel no deben de andarse con chiquitas. Lo vi en una película, al malo le rapaban la cabeza al cero con un aparato, y luego lo arrojaban a un calabozo y deslizaban por un agujero un plato de papilla.

—Yo no sé nada de eso. Pero yo jugaba con su barba y su pelo cuando era muy pequeño.

—Tienes suerte de acordarte de eso. Yo no me acuerdo de nada. Pero si le viera, le reconocería, porque es un gigante que habla como un gallo y lleva zapatos de charol.

—Mi mamá se fue con otro señor y ya no quiere verme y a mi papá lo he olvidado y viene a verme y yo no le conozco, así que tengo miedo y no digo casi nada.

—¿Ha sido amable contigo?

—Sí, me ha dicho que encontraría un trabajo y que Tony iba a ayudarle y que volvería a buscarme dentro de tres o cuatro meses y que viviríamos en una bonita casa con un gran jardín y una piscina.

—¿Quién es Tony?

—Me dijo que un amigo de la cárcel.

—¿Y te gustaría vivir en esa bonita casa con un gran jardín y una piscina?

—No lo sé.

—¿Cómo que no lo sabes?

—Me dijo que viviríamos los cuatro, con Tony y Sandra.

—¿Quién es Sandra?

—Me dijo que era su chica, pero yo no conozco a toda esa gente y no quiero irme, le dije.

—¿Y qué te contestó?

—Que era mi papá y que yo no iba a vivir todo el tiempo aquí y que necesitaba una familia de verdad como Sandra, Tony y él, y yo me eché a llorar y él me dijo «a todo se acostumbra uno, ¿sabes?», y yo le dije que no quería a su familia porque tenía a Simon y a ti y a Camille y a Rosy y me fui. La señora Colette me agarró por la camisa y volvimos junto a ese señor.

—Creía que estabas enamorado de tu papá.

—Pues sí, pensaba todo el tiempo en él, pero en mi cabeza veía una barba y un montón de pelo, y en ese señor no reconozco nada y no le quiero.

—¿Y qué le dijo a tu papá la señora Colette?

—Que debía venir a verme con frecuencia para que yo me acostumbrase a él, y el señor dijo que haría lo que pudiera, pero que tenía que marcharse tres meses por negocios. La señora Colette dijo «ya veo» y el señor dijo «resulta difícil encontrar trabajo cuando sales de la cárcel, pero gracias a mi amigo Tony tengo un empleo esperándome en América». «¿Qué clase de empleo?», preguntó la señora Colette, y el señor contestó «un proyecto inmobiliario».

—¿Qué es un proyecto inmobiliario?

—No lo sé.

Simon aparece en ese momento: «Sois un caso, chicos, el museo era guay», y mira a Ahmed y añade «¿qué tal con tu papá? Se diría que no muy bien, no hay más que ver tu jeta».

Ahmed tira de la manta y desaparece debajo.

—¿Cuál es el problema? —me pregunta Simon.

Le digo que Ahmed ya no está enamorado de su papá por haberse afeitado la barba y el pelo y que no quiere la bonita casa con piscina y jardín, Tony y Sandra porque nos prefiere a nosotros, los niños del hogar.

—Estás majara, Ahmed —grita Simon a la manta—. Esta es la peor prisión, peor que la de tu papá, porque nosotros no estamos a punto de salir, y por mucho que vayamos a la piscina o al museo de La Villette volvemos siempre a esta casucha de gilipollas y nadie se marcha jamás de ella hasta que es muy viejo. Tú podrías ir a una bonita casa con piscina y jardín y prefieres «la prisión» a causa de una historia de pelos. Nunca he oído una chorrada semejante.

Ahmed aparta un poco la manta, «tú siempre sabes todo, pero estás completamente solo y nadie viene nunca a verte, ni siquiera la señora Colette tiene un cajón con tu nombre, y eres feo y no existes».

—¡Ah, conque no existo! ¡Ahora lo veremos!

Simon se tira sobre la cama y golpea a Ahmed y yo grito «basta, Simon», pero él le arranca el conejito y entonces es Ahmed quien grita y yo tiro de Simon asiéndolo por los hombros y recibo su puño en la cara y llega Rosy y Simon le da una patada y Rosy lo agarra del pelo.

—¡Simon! Vas a calmarte de inmediato y vendrás conmigo a ver a la señora Papineau. Icare, tú llevate a Ahmed a la enfermería y ponte un pañuelo en la nariz, que estás sangrando.

Como no encuentro un pañuelo, cojo una camiseta de Simon que está tirada en una silla y me sueno con ella. La camiseta se queda completamente roja.

Llevo a Ahmed, con su mejilla toda azul y su peluche, a la enfermería.

–¡Madre mía! –dice Yvonne, la enfermera.

–No quiero una inyección –le advierto.

–El conejito ha muerto –dice Ahmed.

Yvonne nos cura a los tres con una cosa que escuece y parece que juguemos a ver quién grita más fuerte, menos el peluche, que no chista.

Yvonne dice «es valiente este conejo. Ya hemos terminado» mientras pega un esparadrapo en la mejilla de Ahmed, otro en mi nariz y el último en la oreja del peluche.

–Ya está, el conejo ya está mejor, y vosotros también. Hala, fuera, volved a vuestros cuartos.

Y nos vamos superdeprisa, porque huele raro allí. Solo Jujube se queda mucho rato en la enfermería, cuando no le pasa nada de nada, menos aún que al peluche.

Junto a la escalera, Simon saca brillo a la barandilla.

Ahmed le enseña la lengua y se suelta de mi mano y huye con el conejito. Yo me asomo y veo las lágrimas de Simon mezclarse con la cera y tengo como una pelota en la garganta y bajo a verle.

Simon no dice nada, hasta sus lágrimas no son sino silencio.

Se ha limitado a poner la mano en mi hombro y yo digo «deja de llorar, no tiene importancia». Se sienta en los peldaños y esconde la cara entre las manos y la cosa parece grave.

Yo no sé qué decir, así que planto mi culo al lado del suyo y espero a que la pena se vaya. Aparece Camille y me dice «¿qué tienes en la nariz?» y yo hago chis con los labios y ella se sienta a nuestro lado y apoya la cabeza en mi hombro y nos quedamos así muchísimo rato.

Luego Camille se levanta y agarra la cera y me tiende el trapo.

—Es a mí a quien han castigado —dice Simon.

Camille y yo contestamos al mismo tiempo «si eres desgraciado nosotros también».

Y nos miramos los tres como si estuviéramos solos en el mundo.

Y la emprendemos con la barandilla y Simon recupera la sonrisa.

Ahmed vuelve a la cama con el peluche.

—No quiero ver al gendarme malo.

—Pero si no es malo —replico—, y ya ves que no va vestido como gendarme cuando viene a verme.

—Siempre tengo miedo de que me ponga las esposas y me baje la cabeza para hacerme entrar en su coche y que todo el mundo se burle de mí diciendo «¡ay, señor!, Ahmed solo hace trastadas» y después me metan en el calabozo por mucho tiempo y ya nadie me reconozca cuando salga de allí.

—A veces te pones demasiado serio —dice Simon—. Tus trastadas no son nada comparadas con las de tu padre secuestrador, no irás a la cárcel por eso. No es culpa tuya si tienes una familia irresponsable. Calabacín tiene mucha suerte con ese gendarme que viene a verle todos los domingos con paquetes de caramelos y mimos. Y, además, se lo va a llevar el fin de semana junto con Camille, y nosotros iremos al Louvre con Rosy y el maestro para aprender cosas que no nos importan un pimiento. No será un museo el que nos haga caricias y se quede con nosotros para siempre.

—No entiendo lo que dices, Simon —dice Ahmed chupando la oreja del conejito.

—Con tu cerebro de peluche no me sorprende —responde Simon—. Eh, Calabacín, ahí está Raymond haciéndote señas y su chaval que no nos quita ojo. ¡Eso merece una mueca!

Y la mueca de Simon es tan horrible que Víctor corre a meterse de nuevo en el coche.

—Tengo hambre, ¿cuándo comemos? —pregunto al espejo del coche, donde solo veo los ojos de Raymond.

—¡Sorpresa! —responde Raymond.

No me gustan las sorpresas: hacen que el corazón te lata demasiado rápido, o bien te decepcionan un montón.

La sorpresa de Raymond está al final de un camino que hace que te duela el culo por culpa de los baches.

Es un restaurante.

Un señor bien vestido nos conduce a una mesa y allí una señora empuja mi silla conmigo encima, como si yo fuera un incapacitado, y después nos entrega unas cartulinas gigantes y Raymond me dice «puedes tomar lo que quieras» y yo no salgo de mi asombro.

—¿Has estado alguna vez en un restaurante? —susurro al oído de Camille.

—Sí, a veces, cuando papá y mamá no discutían.

—Yo lo había visto en las películas y mamá me decía que solo era para los ricos.

—Tu mamá te contaba estupideces.

—No es culpa suya, ¿sabes?, todo eso era por las cervezas y su pierna enferma.

—Bien, niños, ¿habéis elegido? —nos pregunta la señora, con un bloc y un boli en la mano.

—Huevos rellenos y pollo con patatas fritas —responde Camille.

—Esto..., yo también.

Rosy siempre me dice que tengo los ojos más grandes que la barriga cuando me sirvo varias veces, pero no puedo con el último plato; sin embargo, si por mí fuera, me tomaría con mucho gusto todos los entrantes y todos los segundos, que son muy tentadores.

La señora anota todo en su bloc: los viejos no tienen memoria.

De postre nos zampamos unos helados.

Raymond se desabrocha el cinturón y el botón de los pantalones a causa de su barriga, que quiere respirar, y enciende un cigarrillo.

—No está bien que fumes, papá.

—Tienes razón, hijo mío.

Y aplasta el cigarrillo en el cenicero.

Víctor vigila con atención a su papá. Hace un rato le ha dicho que no estaba bien que bebiera y Raymond dijo que no a la copa de vino cuando sus ojos decían lo contrario.

Después vamos a pasear a la orilla del agua y Camille recoger flores silvestres y Víctor va de la mano de su papá y el sol juega con el agua y se ve a una mamá pato con sus crías, que parecen un poco achispadas al nadar de lado, y a veces camino mirando el cielo tan azul y estoy contento de no ver una sola nube.

Aparte de Raymond, que dice «es hora de volver, niños».

—¿Dónde está tu mamá? —me pregunta Víctor, sentado en el coche al lado de su papá.

—Víctor, no hay que hacer esas preguntas —dice el gendarme.

—Mamá está en el cielo con sus cervezas y un arpa —respondo.

—La mía está en el cementerio y vamos a verla y le llevamos flores. ¿Y la tuya, Camille?

—Allí donde papá la empujó, en el fondo del agua.

—Entonces, ¿los tres estamos sin mamá? —pregunta Víctor.

—Por desgracia, sí —responde Camille apretándome la mano.

—¡Víctor! Siéntate correctamente, por favor, y deja de molestarlos de una vez.

—Pero si no nos molesta, señor —dice Camille.

—Puedes llamarme Raymond, pequeña. Ya está, hemos llegado.

Raymond vive en una casita al borde de la carretera con un gran jardín detrás y un montón de flores dentro. Está al otro lado del pueblo y creo que ni siquiera de pie en el tejado podría ver la casa abandonada de mamá.

—Es papá quien se ocupa ahora del jardín —cuenta Víctor—. Leyó un montón de libros porque no entendía nada de eso y las flores, al principio, no tenían a nadie que las quisiera aparte de mí, pero yo tenía demasiadas cosas que hacer, así que se fueron al paraíso de las flores. Hoy crecen como hierbas locas porque papá les hace escuchar jazz. El jazz les encanta.

—No sabía que a las flores les gustara la música —digo.

—Oh, sí; mamá les ponía música clásica, pero entonces crecían muy modositas.

—¿Habéis probado con la música disco? —pregunto.

Imagino a las flores creciendo torcidas, cuando oigo la fuerte voz de Raymond, «Calabacín, Camille, subid, vuestra habitación está preparada».

La habitación es supergrande y la cama también y vemos el campo por la ventana y Raymond ha puesto las flores silvestres de Camille en un jarrón y aspiro las flores y no huelen a nada.

No hemos ordenado nada porque nos apetece jugar al parchís con Víctor, que ha venido a buscarnos porque su papá estaba arrancando las malas hierbas del jardín.

Por lo general hago trampas y nadie se da cuenta, así gano y soy el mejor.

Cuando jugaba a las canicas con el gordo Marcel en el recreo, señalaba con el dedo el avión que pasaba alto en el cielo o el moño de la maestra, y cuando el estúpido de Marcel miraba a otra parte, movía la canica y Marcel gritaba «¡has hecho trampa!» y yo decía «no, es que soy el mejor, y ahora dame todas tus canicas azules».

Con mamá no era difícil hacer trampas, dado que solo veía la tele.

—No sé de dónde te viene semejante suerte en el juego —decía—. El estúpido de tu padre jamás ganó un solo céntimo a la loto y yo ni siquiera acierto con una palabra en los crucigramas.

Pero con Camille no me atrevo a hacer trampa.

Eso no me impide intentarlo, por la costumbre.

Apoyo el dedo en el dado para moverlo y hacer doblete y miro a Camille, que señala a Víctor una mancha del techo y se diría que me está diciendo «adelante, haz trampa, me da igual», pero no puedo.

Es como si el dedo me quemase y lo retiro del dado y avanzo solo tres casillas. Me digo que si hago trampa se verá en los ojos verdes de Camille. Y yo solo quiero ver felicidad en sus ojos.

Así que pierdo y me siento feliz de ser el más débil.

Raymond lee su periódico y nos mira jugar.

Cuando yo le miro a mi vez, Raymond finge leer, pero está claro que no pasa las páginas.

Tengo la impresión de que piensa en algo importante, pero no sé en qué y no me atrevo a preguntar.

Luego se levanta para ir a hablar con sus flores y aprovecho para preguntar a Víctor «¿cómo es un papá?».

Víctor se toma su tiempo antes de responder.

—No tan bien como una mamá.

—¿Por qué dices eso? —pregunta Camille.

—Cuando mamá se fue, papá ya no quería hacer nada y se quedaba en el sofá del salón con la botella de whisky en la mano, viendo la televisión sin sonido. A veces su amigo Dugommier venía a verle y para eso tenía que colarse por una ventana abierta después de tocar el timbre y llamar a la puerta en vano porque mi papá no quería moverse. Yo, cuando volvía del colegio, iba a hacer la compra con el billete que sacaba del billetero de papá o de la caja donde mamá guardaba el dinero, y después hacía la limpieza y preparaba la cena, si no papá no comía nada. Incluso estuvo a punto de perder su trabajo, pero gracias a Dugommier todo se arregló. Un día Dugommier le echó tal bronca a papá que eso lo despertó de su pesadilla. Fue muy oportuno, pues ya no quedaba ningún billete para hacer la compra. Dejó de beber y volvió a la comisaría y Dugommier y los demás estuvieron muy contentos de recuperar a su jefe debido a que los ladrones habían aprovechado para robar en montones de casas.

—¿Eras tú quien dejaba abierta la ventana? —pregunto.

—Sí, me decía que si no era Dugommier, sería un pájaro o una mosca o incluso el fantasma de mamá quien vendría a despertarle, pero el fantasma de mamá nunca vino. Quizá ese no sabía volar, y es verdad que mamá no era de las que se cuelan por las ventanas, pero bueno, habría preferido que viniera y le metiera el miedo en el cuerpo a papá, antes que la avispa que le picó la mano. Lo curé con el botiquín de mamá y estuve en un tris de no volver a dejar la ventana abierta para Dugommier. Esa noche recé al buen Dios, le dije «si te portas bien te pasaré un billete, no dejes que vuelvan las avispas y arréglatelas para lo del fantasma de mamá y amén», y por una vez el buen Dios me escuchó, pero solo en lo de las avispas. Entonces eché una moneda de cobre en la hucha de la iglesia y dije «no mereces más que eso y no eres más que un perezoso y amén».

—Debiste de pasarlo muy mal, pobrecito —dice Camille.

—No me quedaba tiempo, con todo lo que tenía que hacer.

—¿No llorabas a tu mamá? —pregunta Camille.

—No, a veces me digo que no soy normal, pero las lágrimas, por mucho que lo intente, no salen.

—¿Nunca has llorado?

No consigo creerlo.

—Sí, cuando me caigo de la bicicleta o cuando pelo cebollas, pero no dura mucho.

—¿Y Raymond nunca te ha pegado?

—Jamás. A veces me grita, pero eso no hace que broten las lágrimas.

—Lo que no entiendo es por qué piensas que un papá no está tan bien como una mamá. Si yo hubiera tenido un papá como el tuyo, no habría jugado con un revólver y todo eso. Es verdad que no debía de ser muy divertido verlo todos los días plantado delante de la tele, sobre todo porque no ponía el sonido, pero bueno, nunca te ha dado la paliza del siglo, y hay tanto amor en él que transpira por todos sus poros.

—Oh, sí, es el papá más cariñoso, pero una mamá piensa en todo, ¿sabes? De hecho, estaba siempre en mi cabeza. Cuando hacía la compra, pensaba «ella elegiría esto o aquello por el hierro y las vitaminas o por la cantidad de calorías o porque es más barato o porque es de temporada», y cuando hacía la limpieza, «ella pasaría el aspirador detrás del mueble para quitar el polvo que se mete por todas partes», y cuando abría las ventanas, «es preciso que Dugommier se ocupe de él, porque ella ya no está aquí para hacerlo», y cuando retiraba la botella de whisky de sus manos y le subía la manta hasta el cuello, «ella habría hecho lo mismo».

—¿Y Raymond ya no bebe? —pregunto pensando en mamá, que luego me gritaba, cuando no algo peor.

—Solo una copa por la tarde, cuando vuelve del trabajo, y soy yo quien se la sirve, un poquito, y sin hielo.

—Tal vez beba a escondidas, como Michel el barbudo, que nos abandona en el bosque para una «necesidad natural». Un día lo seguí y vi su necesidad natural: una lata de cerveza. Y aunque no le siga, me basta con olisquear su boca cuando me habla. Te tumba de espaldas.

—No hay peligro, yo escondo la botella y Dugommier lo hace en la comisaría, y a veces papá dice que se burlan de él a su espalda. Pero no es cierto, es solo por su bien. No queremos volver a verlo desgraciado.

—Eres muy valiente —dice Camille, soñadora—. Cuando mi papá no viajaba, recuerdo que bebía más de la botella que del vaso. Eso volvía muy mala a mamá. Cerraba la puerta de su habitación con llave y le obligaba a dormir en el sofá y le gritaba todo el tiempo, cosas como que habría podido tener otra vida si se hubiera casado con otro. No intentaba esconderle las botellas. Yo creo que es él quien tendría que haberse casado con otra. No era malo. En cuanto a ella, tenía algo de su hermana, tenía sangre de bruja. Por mucho que remendara los corazones de los hombres solitarios y trabajase día y noche, sus agujas solo hacían el bien a los demás. Nunca estaba contenta de su suerte y siempre era culpa de él. Veía pasar vestidos bien cortados y se imaginaba poniéndoselos tras arreglarlos. Soñaba con otra vida a cada momento, sin vivir la suya. No era mala conmigo y creo que me quería mucho, a su manera, pero sus caricias no eran tales, apenas el dorso de la mano que se posaba en mi mejilla o en mi brazo como una mariposa. Era siempre yo quien iba hacia ella. Iba a sentarme en sus rodillas, buscaba un poco de ternura, la mariposa se posaba en mi frente y yo oía «ve a tomar la merienda, mamá todavía tiene trabajo» y eso era todo.

−¿Tu mamá trabajaba también de noche? −pregunta Víctor.

−Sí, no podía parar, pero de noche era diferente, no utilizaba la máquina. Solo los dedos y la lengua.

−Con hombres, ¿no es eso?

−Sí, eso debía de relajarla, era como una gimnasia.

−Papá conoció a una mujer así y la llevó a la cárcel. Habló de ella con Dugommier. No salía de su asombro y la llamó «una mujer de mala vida». La retuvo unos días y luego la soltó y le pidió que no volviera más por aquí.

−Mamá nunca fue a la cárcel por eso. Y solo les hacía el bien a esos señores, no había más que ver su cara, tan contentos.

−Es posible −dice Víctor−. Pero eso no impide que tu mamá fuese «una mujer de mala vida».

−Oh, sí, ella decía a menudo que su vida era mala.

−La mía no lo decía −digo−, pero su vida no era buena, con su pierna enferma y todas aquellas cervezas, hablando solo a la tele, y sus ropas manchadas y la mano que me abofeteaba por cualquier cosa y la marca de sus dedos en mis mejillas después, pero hacía un buen puré y a veces nos reíamos mucho viendo la tele.

–Hum, hum –dice Raymond con sombrero de paja, delantal y unas grandes tijeras en la mano–. ¡No iréis a pasaros toda la tarde dentro con un sol así! ¿Queréis dar un paseo?

Y nosotros decimos «sí» porque está claro que le apetece tenernos solo para él.

Caminamos por los campos, la tierra se nos pega a los zapatos, y vamos a parar a un camino que conozco bien.

Creo que Raymond no lo ha hecho adrede, no hay más que ver su cara.

Me produce un efecto muy raro volver a ver mi casa.

Han crecido hierbajos y el cristal de la ventana de la cocina está roto. Quizá ha sido el hijo del vecino que tiró una piedra o el viento que llamó demasiado fuerte porque nadie le contestaba.

Quiero entrar y enseñarle mi habitación a Camille, pero Raymond me toma suavemente del brazo, «no puedes, está prohibido», y me enseña la cinta de papel y el grueso candado que bloquea la cerradura.

–¿Y está prohibido colarse por la trampilla de detrás?

–¿Qué trampilla, pequeño?

–Venid, os la enseñaré. Entraba por allí cuando mamá me enviaba a buscar conservas.

–Vale, pero no mucho rato –dice Raymond.

Y nos dirigimos detrás de la casa con los hierbajos hasta las rodillas y levanto la trampilla y descendemos en la oscuridad y Víctor está muy excitado.

–Parece como si estuviésemos en una película de Indiana Jones –dice.

Camille y yo vamos de la mano y Raymond dice «cuidado, niños, no vayáis a caeros», como si nos apeteciera rompernos las piernas.

No huele bien debido a las verduras y frutas podridas.

Subimos por la escalera hasta la cocina y hay trozos de cristal por el suelo y telarañas bajo los techos y mucho polvo que revolotea en un rayo de sol. Camille y Víctor gritan a causa de un ratoncito muerto y subimos a mi habitación y huele raro, así que abro los postigos y en el patio veo al hijo del vecino que me mira.

—¿Quién es ese chico sentado sobre un cerdo? —pregunta Camille.

—Un salvaje que tiene miedo de todo, excepto de su padre y de los cerdos.

Le hago una seña y para mi gran sorpresa me responde.

—¿Cómo se llama? —pregunta Camille.

—Nathan. Una vez me sentía triste y mamá me dijo que yo tenía mucha suerte. «Mira a ese pequeño pelirrojo, siempre sucio y maloliente, que lleva la ropa de su padre con un cordel para sujetarse el pantalón y la camiseta lavada en el grifo. En casa de esa gente no conocen el jabón. Lleva el jersey roído por las polillas y manchado de barro, y los pies descalzos tanto en verano como en invierno. Tú al menos eres bastante normal. Gracias a mí vas limpio, tienes camisas de tu talla, asistes al colegio y, aunque no aprendas nada, al menos te mantiene ocupado. Tienes comida, techo y ropa limpia, mientras que montones de niños duermen bajo los puentes, cuando duermen y cuando hay puentes.»

—¡Había dicho no mucho rato, Calabacín! —refunfuña Raymond.

Entonces nos vamos. En cualquier caso, me vuelvo y veo a Nathan que me sonríe y se me encoge el corazón.

Nunca le vi sonreír a otra cosa que a un cerdo.

Raymond nos envía a la ducha porque tenemos la ropa perdida de suciedad y también la cara y las manos. Después nos ponemos ropa limpia y olemos a la colonia de Raymond, que los tres nos hemos echado.

Y jugamos con la Nintendo de Víctor.

—Víctor, tu tenedor —dice Raymond.

—¿Qué pasa con mi tenedor?

—No te hagas el listo delante de tus amigos. Usa el tenedor para comer.

Víctor agarra el tenedor y le tiembla la mano y todo cae por su camiseta y su papá levanta los ojos al cielo y Camille y yo agarramos los tenedores y nos tiemblan las manos y todo cae sobre nuestra ropa limpia y Víctor se ríe y Raymond también.

Después miramos un poco la tele y es un partido de fútbol y Camille y yo bostezamos hasta desencajarnos las mandíbulas.

—Id a la cama, pequeños —dice Raymond, y nos da un gran abrazo y se me hace muy raro ver las manitas de Camille cerrarse en torno a su enorme cuello.

Una vez en la cama, Camille cierra los ojos.

Y yo no recuerdo gran cosa después.

Raymond se bebe el café.

Y nos propone pasar el día en el Monstruo.

Suelto mi tostada con mermelada.

—¿De verdad? —digo con recelo. Con las personas mayores nunca se sabe.

—De verdad —responde el gendarme.

—¡Guau! —gritamos Víctor y yo.

—¿Qué es el Monstruo? —pregunta Camille, no muy tranquila.

—Es un parque —digo—, con trenes fantasma y todo eso. Yo fui una vez con Grégory y su mamá y nos divertimos mucho. Pero cuando volví mamá me reprendió a causa del barro que llevaba en la suela de los zapatos y que le había ensuciado la alfombra y no quiso que le contara cómo me había ido el día y tuve que subir al desván para evitar la paliza del siglo y solo estaban las manzanas para oírme hablar de las atracciones.

El sol aplasta al Monstruo.

Se diría que todos los niños del parque han «hecho la barandilla», porque las atracciones brillan por todas partes.

Raymond nos compra un algodón de azúcar. No sé por qué lo llaman algodón, no me imagino a Yvonne curándonos las heridas con esa nube pegajosa que se deshace al tocarla. A veces los nombres son absurdos.

Caminamos comiéndonos con los ojos las atracciones, y los papeles grasientos se nos pegan a las suelas de los zapatos. Víctor toma la mano de su gendarme y la mantiene apretada en la fila del tren fantasma. Camille se sienta en la barra de hierro y balancea las piernas en el vacío chupando el palito del algodón rosa.

—Cuidado, no vayas a tragártelo —dice Raymond como si a Camille le apeteciera agujerearse el estómago.

A veces los adultos dicen cosas estúpidas debido al miedo que les roe el corazón. Harían mejor en escuchar el silencio.

Uno acabaría por creer que los niños son superdébiles y que solo tienen un deseo: perforarse la garganta con un pirulí, o romperse el cuello en bicicleta, o las piernas y los brazos al bajar escaleras, o beber lejía porque supone un cambio respecto de la coca-cola.

Y hay que verlos, a esos adultos, jugar a las personas mayores y hacer más tonterías que nosotros los niños. Es verdad que no nos portamos tan bien como las estatuas, que nunca se mueven, pero bueno, no son los niños los que entran a robar en las casas o hacen saltar por los aires a la gente con bombas o disparan con fusiles, aparte de mí, pero era solo un revólver y no lo hice adrede. Ellos, los malos, siempre lo hacen adrede, para hacer daño a la gente y robarles sus ahorros y eso no está bien. Después la gente duerme bajo los puentes y esperan ser aspirados por el cielo para no tener que volver a preocuparse de nada.

El tren fantasma ha arrancado.

Un esqueleto sale de una caja y roza el pelo de Camille y eso hace gritar a mi ángel, que se aprieta contra mí. A veces el vagoncito circula más deprisa. Se diría que va a descarrilar, pero no, se lanza contra una puerta cerrada que se abre en el último momento y atravesamos una telaraña gigante y por encima de nuestras cabezas una bruja emprende el vuelo montada en su escoba. Otras veces solo se ve oscuridad y Camille me pellizca y de pronto se iluminan monstruos sin cabeza y ensangrentados y cerramos los ojos para no ser devorados y cuando los abrimos es para traspasar montones de puertas cerradas, y justo antes de salir de verdad, una mano nos toca el hombro y Camille y yo aullamos y es muy guay.

Víctor salta del vagón, completamente excitado.

Su papá no.

Le cuesta un poco sacar su gran barriga del vagoncito.

−¡La montaña rusa! ¡La montaña rusa! −grita Víctor.

−Oh, sí, Raymond, vayamos a la montaña rusa −digo, y esperamos horas en la cola y Camille levanta la vista y mira muy arriba el vagón amarillo que se desliza cuesta abajo en el vacío.

−¿La gente baja las montañas así en Rusia? −pregunta.

−¿Dónde está Rusia? −dice Víctor.

−Al lado de Marsella −respondo.

Raymond me mira, «¿al lado de Marsella?».

−Pues sí −digo, superorgulloso de mi respuesta.

−Rusia es como treinta veces Francia, pero no tiene nada que ver con Marsella, pequeño. Está al sur de los países nórdicos, como Finlandia, y al norte de China.

−Ah, bueno −digo algo perdido−. Creo que me distraje cuando el señor Paul nos enseñó el mapa del mundo.

−De todas formas, eso no tiene nada que ver con la atracción. Es solo porque las montañas en Rusia son altas, niños.

—¿Seguro que ese chisme no se desengancha? —pregunta Camille.

—Seguro —digo—. Es solo tu corazón el que se desengancha, pero una vez abajo todo vuelve a su sitio.

—¡Oh! —dice Camille, en absoluto tranquilizada.

—No estás obligada a subir —dice Raymond—. Si quieres, esperaremos a los chicos tomando un helado en ese banco de allí.

—No, gracias. Si se desengancha, quiero estar dentro para irme con Calabacín.

—Pero no se va a desenganchar, mi niña, por el amor de Dios. Ten confianza en mí. Estas máquinas están comprobadas.

—Es muy amable por su parte llamarme mi niña, señor Raymond, pero, comprobadas o no, ese trasto me da un poco de miedo.

—Entonces llámame Raymond, y no son precisamente atracciones lo que faltan aquí. Puedes montar en otra.

—Cuando se tiene miedo de algo, Raymond, señor, no hay que acobardarse, si no, se tendrá miedo toda la vida.

—Tienes razón, Camille. Pero la montaña rusa no es más que un juego.

—Todo es un juego, señor Raymond.

—Raymond, pequeña. No hay que creer que la vida es un juego. ¿Quién te lo ha dicho?

—Nadie, yo solita, para protegerme de la bruja que quería que la llamase Nicole y después era mala. Cuando me hacía restregar el parqué yo pensaba que aquello no era más que un juego, y entonces sufría menos.

—¿Nicole?

—Su tía —digo—, una marrana.

—Icare, no se dice «marrana».

118

—Pues tú bien que lo dices. En cualquier caso, delante de la señora Papineau y del juez ella actúa como si Camille fuese una pobre niñita, pero con Camille es muy mala.

—Es verdad que no parecía sentirse muy cómoda en Navidad.

—Es lo que te estamos diciendo, Raymond. Pero tenemos un plan para desembarazarnos de ella.

—¿Qué significa eso, Icare?

—No de verdad, desde luego, pero no puedo decírtelo. Es un secreto entre nosotros.

—¡Tú serías un buen policía! —dice Raymond sonriendo.

—Sí, podría ayudarte a detener a los ladrones.

—¿Ah, sí? ¿Y cómo?

—Eso no lo sé, podrías enseñarme.

—Ya lo veremos, pequeño. ¡Ya nos toca, niños!

Subimos todos a la primera fila de la vagoneta.

Raymond se sienta en un lado y yo ocupo el otro para proteger a Camille, que tiene las manos muy apretadas sobre las rodillas.

La vagoneta se iza lentamente por la pendiente con un ruido que da miedo. Todo el mundo grita.

Si levantásemos la mano, casi podríamos tocar el cielo.

Abajo, la multitud se ve muy pequeña.

—Cierra los ojos si tienes demasiado miedo —digo a Camille justo antes de que caigamos.

La vagoneta se lanza cuesta abajo de golpe y, ¡hop!, nos hundimos en el vacío, yo apretado contra Camille, que se tapa los ojos, y subimos un poco para volver a bajar todavía más deprisa y el corazón me late por todas partes y mi cabeza está a punto de estallar y aquello es genial y se me desengancha el corazón y se pasea por todas partes y miro a Raymond, que también cierra los ojos, y a Víctor, que grita «no», y, ¡hop!, un gran descenso, las curvas, todavía más velocidad, subimos una última vez para volver a bajar aún más deprisa y toda mi cara es aspirada por el vacío y tengo la impresión de que el corazón se me va a salir por la boca y es demasiado y es la última vuelta, con el cuerpo de Camille pegado al mío y sus manos que me agarran el brazo y sus ojos que me miran, verdes, tan verdes, todo va muy deprisa, y ya está, reducimos la velocidad y se acabó.

—¿Subimos otra vez? —dice Víctor supernervioso, pero su papá, blanco como el papel, nos señala la enorme cola de gente que se ha formado y yo creo que Camille se ha merecido de sobra su helado.

—Después —digo, y Camille me acaricia con los ojos.

—¿Después de qué? —pregunta Víctor, muy decepcionado.

—¿Va todo bien? —pregunto a Camille, y ella asiente con la cabeza.

—Papá, por favor —insiste Víctor.

—Bueno, pequeños, volveré a subir con Víctor. No os alejéis demasiado. Tomad, aquí tenéis un billete, compraros unos helados.

Camille toma el billete de manos de Raymond y me arrastra hacia la vendedora de helados y yo me siento muy contento de estar a solas con Camille: el corazón me late todavía más deprisa que en la montaña rusa.

Tomamos un cucurucho doble.

Camille, de chocolate y vainilla. Yo, de fresa y pistacho.

Estamos sentados en el banco y nos quedamos allí, quietecitos como estatuas.

—Te has manchado —dice Camille.

—¿Dónde? –Y me miro la camisa y el pantalón y no veo nada.

—Aquí.

Y me besa en la boca.

—¡Oh, qué adorable! –suelta una vieja de unos treinta años.

Adorable o no, no le importa en absoluto a esa arpía, y espero a que se aleje para devolverle el beso a Camille y su boca huele a chocolate. Todo me arde, montones de pinchacitos me recorren los brazos y las piernas y me digo que el sol ha debido de aprovechar que tenía la boca abierta para colarse dentro.

—Ven, voy a regalarte un oso gigante.

—¡Calabacín! Es el dinero del gendarme.

—Voy a ganar el peluche. No te preocupes.

El señor de la barraca me tiende una carabina con canicas dentro y miro los globitos de colores en su jaula, ansiosos de emprender el vuelo.

—Lo siento –digo a los globitos.

Si estuviera allí, el juez ya no diría que soy un incapacitado: he matado todos los globos y he ganado un oso gigante.

—¿Dónde está tu papá? –me pregunta el señor de los globos.

—No tengo papá.

—Ah, creía que el señor Raymond estaba con vosotros.

—¿Conoces a Raymond?

—Sí. Es una vieja historia. Pero no te sientas obligado a hablarle de mí.

Camille me tira del brazo. Estrecha el oso gigante contra su pecho.

—Ven, Calabacín, vámonos. El gendarme se preocupará.

Raymond y Víctor nos esperan en el banco.

—¿De dónde ha salido ese oso? —pregunta Raymond.

—Calabacín lo ha ganado tirando a unos globos. Por cierto, el señor de la barraca le conoce y no estamos obligados a decírselo.

—¿Ah, conque eso ha dicho? ¿Y dónde está ese vendedor de osos?

—Allí, el señor con la chaqueta a cuadros.

—¡Pero si es ese ratero de Gilbert!

—¿Quién es Gilbert, papá?

—Un ladronzuelo de coches al que detuve.

—Mi papá es el mejor —dice Víctor, muy orgulloso.

Y añade muy bajito «¡sobre todo desde que no empina el codo!».

Eso nos hace reír a los tres y Raymond dice «¿de qué os reís, niños?» y nosotros «de nada» y no podemos dejar de reír.

Raymond nos mira y sonríe, «os estáis burlando de mí, es eso, ¿verdad?», y nosotros «¡oh, no!» y volvemos a empezar.

Acabamos calmándonos debido a que Raymond propone una hamburguesa con patatas fritas y una vuelta en los coches de choque.

—Yo subo con Calabacín —dice Víctor.

Y veo con claridad como Camille se enfurruña un poco y me encanta esa expresión suya: quiere decir que ya no podemos pasarnos el uno sin el otro.

—Vamos, pequeña —dice Raymond rodeándole los hombros con el brazo—, me parece que no nos queda otra elección.

Camille levanta la barbilla y sonríe al gendarme.

—No, no tenemos elección, pero vamos a darles de hostias.

—No está bien que digas eso.

—No estará bien, pero de todas formas es lo que vamos a darles, Raymond, ¡la paliza del siglo!

Y entonces mi ángel se ruboriza y Raymond también: es la primera vez que Camille le llama por su nombre de pila.

Esperamos un mogollón a que los coches queden libres mientras bebemos la coca-cola con pajita.

Raymond nos sube a hombros a uno después de otro.

Una señora muy vieja dice a Raymond «¡tiene unos hijos muy guapos!».

—Gracias, señora —responde el gendarme.

Víctor nos mira.

Después de todo, no somos los hijos de Raymond y a Víctor no debe de hacerle gracia oír todo eso.

—¿Sabes, papá?, si tuviera un hermano y una hermana, me gustaría mucho que se parecieran a estos dos.

Y se le escapa una lagrimita.

Y Raymond se atraganta.

Camille y yo sonreímos como dos idiotas y le consolamos con besitos.

Víctor me agarra de la mano y me empuja hacia un coche rojo, mientras que Camille arrastra a Raymond hasta un coche verde donde le cuesta bastante sentarse.

Y arrancamos.

Víctor arremete contra Camille, que lo evita y embiste contra el coche de la vieja señora de hace un rato y Víctor hace girar el volante en todos los sentidos y nos encontramos en el borde de la pista para atrapar mejor el coche de

Camille y nos echamos encima. Raymond levanta el puño y dice riendo «¡vais a ver lo que vais a ver!», y no tiene tiempo de acabar la frase, cuando un señor alto y muy delgado lo embiste y el coche de Camille hace lo mismo con otro y todos los demás coches se chocan, excepto el nuestro: nosotros circulamos tranquilos por los lados. El montón de coches se separa y Camille da un gran volantazo vengador y se nos echa encima por detrás.

−¡Cuidado! −grito, pero el coche de Camille es más rápido y ocurre el accidente y nuestros culos se levantan.

La atracción se acaba de inmediato y debemos salir de los coches y dejar nuestros sitios todavía calientes a otros pequeños suertudos.

−Se hace tarde. Pronto será la hora de devolveros a Les Fontaines, niños.

−¡Papá! ¡Otra montaña rusa, por favor!

−Víctor, no tenemos tiempo.

−Pero sí, mira, ¡ya no hay cola!

−Eso es verdad, pero no me parece muy considerado para con Camille.

−Yo ya no tengo miedo −dice Camille−. ¿Y tú, Raymond?

Y podemos leer en los ojos del gendarme que hemos ganado una última vuelta: no es de los que se dejan impresionar por granujillas como nosotros.

La ortografía empieza a ponerme de los nervios.

Hay que copiar frases donde la palabra subrayada tiene el mismo sentido.

La cosa empieza mal: nada tiene sentido.

1) Mamá ha preparado lengua de buey.
Es demasiado asqueroso comer la lengua de los animales.
Pasamos a la siguiente.

2) El árabe es la lengua de los marroquíes.
Simon y yo exploramos la lengua de Ahmed con los dedos y es como la nuestra y Ahmed lloriquea porque le hemos tirado demasiado fuerte.

3) Mi hermano aprende una lengua extranjera.
Pasamos a la siguiente porque no tenemos hermano.

4) Bruno me ha sacado la lengua.
No conocemos a nadie que se llame Bruno.
Una pena: es la única frase que tiene sentido para nosotros.

Y entonces aparece la señora Colette y me salva de esta gilipollez de lección.

—Calabacín, la directora y Rosy te esperan en mi despacho.

—Has debido de liarla bien gorda —dice Simon.

—No, Calabacín no ha hecho nada.

Simon pone una expresión rara.

—¿Y eso qué significa?

—Significa lo que significa. Pero por el momento le toca a Calabacín. Contigo ya veremos más tarde.

La señora Papineau está sentada en la silla de la psicóloga, la señora Colette en su escritorio y Rosy en nuestro puf.

Tiene dificultad para mantenerse encima con su gran culo y a mí me cuesta conservar la seriedad con todas esas miradas serias.

—Veamos, pequeño, nos gustaría saber cómo fue tu fin de semana con el gendarme —empieza la señora Papineau.

—¿Por eso estáis aquí las tres?

—Así es, pequeño.

—¿No he hecho ninguna trastada?

—No, que yo sepa —dice la señora Papineau mirando a Rosy, que niega con las manos.

—Entonces no vale la pena que me llaméis «pequeño»: tengo casi diez años.

—Es verdad que eres mayor, Icare, pero ya sabes, «pequeño» es cariñoso.

—Ya no soy un bebé. —Y pienso en Raymond que me llama así, pero con Raymond no es lo mismo, él puede llamarme como le dé la gana.— Además, mi nombre es Calabacín.

La directora mira al techo.

—Te escuchamos.

—Nos divertimos mucho —digo—, y eso es todo.

No sé por qué, pero me digo que no hay que contarlo todo, así que me pongo a pensar y eso lleva tiempo.

—¿En qué piensas, Calabacín? —pregunta la psicóloga.

—Oh, pensaba en el restaurante a la orilla del agua, en el paseo con los patos y en las flores que escuchan jazz en el jardín de Raymond.

—¿Qué es eso de las flores que escuchan jazz? —pregunta Rosy.

—Pues eso, caray, que las flores crecen con la música. A veces se diría que vives en la cueva de Cro-Magnon.

—¿Qué más, Icare? —se impacienta la señora Papineau.

—Dormimos en una gran cama.

—¿Dormimos?

—Víctor y yo. Camille durmió en la cama de Víctor.

—¿Y a él no le molestaba ceder su habitación?

—Oh, no, Víctor es muy amable. Lo único es que me costaba dormirme porque no dejaba de hablar.

Y me digo que no conseguiré salir del apuro con todas esas mentiras, sobre todo si la señora Papineau hace las mismas preguntas a Raymond.

No debo olvidar llamar al gendarme para que él también mienta.

—¿De qué hablaba? —pregunta la señora Colette.

—De la paliza que nos había dado a Camille y a mí con la Nintendo.

—¿La Nintendo? —repite Rosy, tan asqueada como si fuera la lengua de buey.

—Es propio de su edad —dice la señora Papineau.

—Tal vez sea propio de su edad, pero esos juegos no son buenos para ellos. Los aíslan demasiado.

—¡Rosy! ¡Tiene usted una mente demasiado retrógrada! Si permite que los niños jueguen toda la velada con ella tal vez, pero si no, es bueno para sus reflejos.

—¿Qué significa retrógrada? –pregunto, por si llegaran a olvidar que estoy en la misma habitación.

—Estar chapada a la antigua –responde Rosy.

—¿Chapada a la antigua? –Ya no entiendo nada.

—Sí, Calabacín. La directora quiere decir que estoy completamente equivocada.

—Yo no he dicho eso, Rosy.

—Sí que lo ha dicho, Geneviève. Yo me siento orgullosa de preferir las nanas a esos juegos para retrasados mentales. Y los niños, por su parte, no se quejan. ¿No es así, Calabacín?

—Sí, Rosy. –Total, al punto donde he llegado con mis mentiras, por una más...

—Volvamos a nuestro asunto. ¿Qué hicisteis el domingo? –La voz de la señora Colette es tan dura como un cuscurro de pan.

—Fuimos al Monstruo –digo–, y Camille tenía un poco de miedo en la montaña rusa, así que la protegí, y después tiré con una carabina y gané un oso gigante.

—¿Raymond te dejó tirar con una carabina? –pregunta la señora Papineau. Se diría que acaba de clavarse una aguja.

Y yo no me paro a reflexionar lo suficiente.

—No es culpa suya –digo–. Víctor quería dar otra vuelta, así que nos dio dinero para que Camille y yo fuéramos a comprar helados.

—¡No se deja a dos niños completamente solos en un parque tan grande! –dijo Rosy–. Podríais haberos perdido, o algo peor, ¡que os raptaran!

—No soy idiota. Si un desconocido me pide que le siga, no me dejo engatusar. Con el judo de los miércoles, le atizo una buena tunda. –Y doy un puñetazo al puf de Rosy.

Eso hace reír a la directora y sobresalta a la educadora.

—¿Y cómo reaccionó Raymond cuando supo que habías tirado con la carabina? —pregunta la psicóloga.

Miento como un sacamuelas: «¡Uy, estaba muy enfadado! Me dijo que no estaba bien haber hecho una tontería semejante y que no volvería a dejarnos solos».

—Y cuando no está enfadado, ¿cómo se porta con Camille y contigo?

—Es superamable, nos compra algodones de azúcar y hamburguesas y nos invita a montones de vueltas en las atracciones y nos subimos a sus hombros y nos da la mano y por la noche nos da un gran abrazo antes de que nos durmamos.

—¿Y Víctor?

—Le gustaría mucho tener un hermano y una hermana como nosotros, pero no sé dónde puede conseguirlos. Tal vez haya supermercados para niños donde las mamás van a hacer sus compras, pero como Víctor ya no tiene mamá, creo que lo tiene bastante crudo.

—Bien —dice la directora sonriendo—, el sábado que viene irás a casa de Raymond, pero esta vez sin Camille.

—¿Por qué? —digo muy decepcionado.

—Porque vendrá a verla su tía.

—¿Es que la bruja no puede dejarnos en paz?

—A una persona mayor se le debe más respeto, Icare.

—Ella no merece ninguno, señora Papineau, y tampoco es una persona cuando habla con Camille. Pregunte al señor Paul o a Raymond lo que opinan de la bruja y ya verá.

—No necesito preguntarles, ya lo han manifestado por sí mismos. De todos modos, ese no es tu problema, y tú no estás presente para saber lo que hablan entre ellas.

—No estoy presente, pero Camille me lo cuenta todo y es como si lo estuviera. Rosy dice que la verdad sale por la boca. La bruja no es un niño y de la suya solo salen mentiras y eso hace daño a Camille. Y si hace daño a Camille, también me hace daño a mí.

La señora Papineau se levanta y va hacia la ventana. Mira no sé qué y se diría que ya no está allí.

Rosy me guiña un ojo y yo le sonrío.

La psicóloga lee unos papeles que hay sobre el escritorio de la directora, y no está bien hacer eso a escondidas.

—¿Puedo irme? —pregunto.

La directora se vuelve.

—¿No has notado nada en Simon?

Yo, desconfiado, «no».

—¿No te sorprenden sus conocimientos?

—No entiendo.

—¿Nunca te has preguntado por qué Simon sabe tanto sobre vosotros?

No soy un chivato y no deseo ningún mal a Simon y respondo «no, porque se lo contamos todo».

—Bien, puedes irte ahora —dice la señora Papineau—. Pero me gustaría que no hablases de esto a Simon. ¿Puedo contar contigo?

—Desde luego —digo, cruzando los dedos a la espalda.

Y corro a la habitación y se lo cuento todo a Simon, incluso lo que no debo decirle.

—No está bien no obedecer —dice Ahmed.

Simon calla, y tanto silencio resulta raro.

—¿Por qué no dices nada? —pregunto inquieto.

—No es asunto tuyo —responde Simon. Y tira el peluchito de Ahmed por la ventana—. A la mierda con todo —dice antes de cerrar la puerta de un portazo tras de sí.

Y eso hace menos ruido que los lloriqueos de Ahmed.

El miércoles es el noveno cumpleaños de Béatrice.

Camille dibuja la tarta de cumpleaños con velas de todos los colores y todos escribimos nuestros nombres debajo y pegamos el dibujo con celo en la cocina y lo miramos en todas las comidas y tenemos superprisa en que llegue el martes para comer la tarta de chocolate de Ferdinand, el cocinero.

A veces, cuando nos portamos bien al menos una semana (y no resulta fácil, porque somos «críos sobreexcitados», como dice Pauline), podemos ayudar a Ferdinand a lavar las lechugas o a arrancar los rabitos de las fresas o las judías verdes.

Un día, Boris toma el cuchillo de grandes dientes para pelar las patatas y Ferdinand grita «es peligroso, te vas a cortar la mano», y Boris responde «no me importa, tengo otra» y descuartiza la patata en dos y Ferdinand lo amenaza con el dedo y dice «dame ese cuchillo inmediatamente» y Boris lanza el cuchillo de grandes dientes, que pasa rozando la oreja de Ferdinand y se clava en la pared. A partir de ese momento Boris ya no tiene derecho a ir a la cocina y, cuando vamos, nos trata de «falsos hermanos», como si no supiéramos que el verdadero es Antoine.

En cuanto a Jujube, no puede evitar comérselo todo, hasta los rabitos de las fresas. Incluso se zampó la masa de la tarta, y después se quedó en cama dos días y Simon dijo que todo eso era para no ir al colegio. A veces se diría que Jujube no sabe dónde tiene la cabeza. Una noche quiso atrapar los tallarines en el agua hirviendo porque tenía mucha hambre y por una vez el esparadrapo no era cuento.

Simon dice «no hay dos como Jujube» y Béatrice se saca los dedos de la nariz para decir «pues menos mal, porque si no ya no tendríamos nada que comer».

Boris se echa kétchup en las patatas fritas.

Le pregunto al oído «¿qué significa *impotente?*».

Y Boris vuelca el kétchup sobre las patatas y Rosy le riñe y Boris dice «no es culpa mía» y ahí acaba la cosa.

A mí me entra mogollón de calor: creí que iba a chivarse.

Estoy comiéndome el flan cuando Boris responde en mi oído *«impotente* es cuando no se te sube», y no entiendo nada y espero a que estemos en el autocar de Gérard y cojo a Boris en un aparte y le digo «¿qué quieres decir con *subírsete?*».

—Es cuando tu pilila se pone dura como una piedra.

—Ah —digo—, ¿y eso hace daño?

—No tengo ni idea.

—¿Y por qué se pone dura como una piedra la pilila?

—Porque tienes una erección.

—¿Y qué es una erección?

—A veces parece que vengas de Marte. ¿Nunca has visto una película marrana?

—No, pero a los marranos los conozco, he visto un montón en el campo, pero no veo la relación con la pilila que se pone dura.

—Simon tiene razón, te falta un tornillo.

—¿Simon dice eso?

—Bueno, ¿las películas guarras te interesan o no? Si no me pongo el *walkman*.

—No, por favor, cuéntamelo.

—Las películas guarras son para los papás cuando las mamás van de compras o cuando comen con amigas o cuando duermen porque es de noche. Entonces los papás se aburren y miran películas guarras. No valen nada, no sale ni Bruce Willis ni persecuciones de coches ni planetas que hay que salvar, solo gente que se pasa el rato desnudándose y amontonándose unos sobre otros. Yo he visto algunas con Antoine cuando nuestros padres jugaban a las cartas fuera de casa y la canguro se dormía en el sofá. Íbamos al despacho de papá y mirábamos la cinta que Antoine había encontrado un día mientras buscaba el mando a distancia del vídeo. En la película marrana las chicas van muy maquilladas y tienen grandes lolas y solo piensan en sentarse sobre el pajarito de un señor que nunca es el mismo, y a veces se lo comen como si fuera un caramelo.

—¿Se comen al señor?

—No, idiota, se comen la pilila supergorda, que al final escupe leche y todo el mundo se duerme o fuma un cigarrillo, y poníamos otra cinta porque la canguro se había despertado y mirábamos *Jungla de cristal* o *Armageddon*, y eso suponía un cambio respecto de *Todas eran unas perras*.

—Tu película es una gilipollez. No veo qué interés pueda tener sacar leche por la pilila cuando es más fácil meterse bajo la teta de la vaca. Y qué narices pintan allí las perras, aparte de lamer la leche o morder la pilila enorme para jugar con ella. En cualquier caso, le diré a Camille que su papá no escupía leche porque su pilila no estaba dura como una piedra y que no quería que se la comieran porque la necesitaba para hacer pipí. Eso la tranquilizará.

Vamos todos en el autocar de Gérard, menos Béatrice, que se ha quedado dibujando en el despacho de la psicóloga. Simon dice que su regalo más bonito sería que su mamá se decidiera al fin a tomar el avión. La señora Papineau nos ha dado dinero para gastos y cada cinco minutos compruebo que no he perdido mis veinte francos.

Jujube se pega el dinero sobre los ojos y hace el monstruo, y las monedas no se sostienen. Una cae y va rodando hasta Pauline, que está charlando con Gérard, y Jujube está demasiado gordo para meterse debajo del asiento y lloriquea, y Pauline se da la vuelta y dice «Jujube, vuelve a tu sitio, ya ves que estoy hablando con Gérard», y Jujube responde «me la trae floja», y Pauline se levanta y agarra a Jujube de la oreja, «ya veremos si te la trae floja o no», y Gérard dice «deja en paz al chico» y Pauline suelta la oreja de Jujube como si le quemara los dedos y vuelve a sentarse muy modosita en su butaca y se pone de morros porque Gérard ha puesto a Patrick Bruel la tira de alto.

Camille va a buscar la moneda bajo el asiento de Pauline y Jujube la besa en la mejilla y a mí me entran ganas de arañarle la cara a Jujube y no sé por qué.

En el pueblo todos bajamos del autocar menos Gérard, que enciende un cigarrillo.

—¿No vienes? —pregunta Pauline.

—No, ir de compras no me gusta.

A nosotros nos encanta.

Camille se prueba un anillo de un rosa tan subido como las gafas de Béatrice.

—Muy bonito —dice Pauline probándose montones de joyas, que no compra a causa de las etiquetas que llevan pegadas.

Boris y Antoine se embadurnan la boca con pintalabios y se miran en el espejo riendo.

La dependienta y Pauline no se ríen en absoluto.

—Lo lamento —dice Pauline—. Cosas de críos, ya sabe...

—Lo único que sé, señora, es que me debe usted ciento quince francos.

Pauline saca el billetero de su bolso y entrega un billete grande a la dependienta y mira a los hermanos Chafouin, que se limpian la boca con un pañuelo de papel.

—No podéis estaros quietos, ¿verdad?, ¡es demasiado pedir! ¡Un lápiz de labios de ciento quince francos! Hablaré de ello a la directora cuando volvamos y ya veremos si seguís dándooslas de listos.

La dependienta nos hace un guiño del tipo «¡qué malas pulgas tiene esta!».

—Si sabes lo que te conviene, no lo harás —dice Simon.

—¿Perdón?

—Digo que no lo harás, o si no, hablaré de tu novio a la directora.

—¿Qué novio? —pregunta Pauline como si los tuviera a capazos.

—El que te soba cuando estamos en la piscina.

Y al oír eso, Pauline abre mucho la boca y nada sale de ella.

Los hermanos Chafouin entregan todo su dinero para una muñeca que se ríe cuando le aprietas la barriga. Jujube compra dos paquetes de galletas de chocolate, uno para él y el otro para el cumpleaños de Béatrice, y se los come los dos antes de llegar a la caja.

Ahmed llora cuando el dependiente dice «¿ese conejo? Cuesta cien francos, caballerete».

Una señora que lo ha visto todo dice «es una vergüenza, señor, hacer llorar a un niño», y mira al dependiente como si fuera un monstruo y regala el conejo a Ahmed y todos la miramos como si fuera un hada, menos Pauline, que sigue de morros.

Todos los regalos están apilados sobre su plato y Béatrice no puede estarse quieta. Se retuerce en la silla como si le hubieran puesto chinchetas en el asiento y no tarda en desaparecer detrás de los paquetes, entonces se sube a la silla con los dedos en la nariz y se ríe y vemos su lengua toda rosada y sus dientes blanquísimos y ella no ve nada debido a sus gafas rosa, en las que se ha secado los dedos, todavía llenos de chocolate.

Nos sentimos supercontentos de comer con el señor Paul en el hogar. Supone un cambio respecto a sus «bueno, mejor, óptimo».

Camille tira de la falda a Béatrice, «anda, abre tus regalos».

Béatrice se saca los dedos de la nariz para cubrirse la boca con ellos. Se diría que está a punto de llorar.

—Nunca he tenido tantos regalos por mi cumpleaños.

—Empieza por este —dice Jujube señalando el suyo.

—Vete a la mierda, Jujube —dice Simon.

—Nada de palabrotas, niños —advierte Rosy.

—Yo no he hecho nada —lloriquea Ahmed.

Béatrice se sienta hecha un ovillo y Camille le quita las gafas. Así puede ver sus regalos, y nosotros sus lágrimas.

—No llores —dice Camille tomándole la mano, pero no funciona.

Un verdadero grifo de lágrimas esta Béatrice.

Rosy la toma en brazos para sentársela en las rodillas y la negrita oculta su pesar en el cuello de Rosy.

—Vamos, vamos, gatita, ya va pasando —dice Rosy dándole palmaditas en la cabeza, y salta a la vista que Rosy está superemocionada, le tiemblan la voz y los labios, y si la cosa continúa también ella se echará a llorar.

—Yo también sufro —dice Jujube enseñando su esparadrapo.

—Para un poco, Jujube —dice Boris—, pronto hará dos semanas y ni siquiera queda ya costra.

Y Jujube no vuelve a decir nada y pone cara larga, pero nosotros estamos acostumbrados, incluso el señor Paul, y todos miramos al techo. Entonces Béatrice se seca las lágrimas con los puñitos cerrados y agarra el regalo más grande, que está en la parte de abajo de la pila, y todo se viene abajo y eso hace reír a Béatrice y a Rosy y al señor Paul, incluso a Jujube, que deja de refunfuñar.

El regalo más grande es el de Rosy, un vestidito de cuadros rojos y blancos envuelto en un bonito papel blanco que Béatrice se pone en la cabeza, y se diría que va a casarse, pero no sabemos con quién. Ahora ya no tiene ganas de llorar, sus dedos arrancan los nudos y los papeles de colores como si tuviera una cita en otra parte, y todos nos hemos encaramado a nuestras sillas y Rosy ni siquiera nos grita y quitamos también los nudos y los papeles con nuestros ojos y queremos ver el regalo antes que Béatrice, pero ella lo tiene ya en las manos y es el conejo de Ahmed. Susurra a la oreja del peluche palabras que no oímos y lo deposita suavemente sobre el vestido a cuadros rojos y blancos y rasga otro paquete y es la muñeca de los hermanos Chafouin, que se ríe cuando le aprietas la barriguita, pero Béatrice no lo sabe, hunde los dedos en ella y la muñeca ríe y eso asusta a Béatrice, que se queda paralizada y se mete los dedos en la nariz, y sus ojos se vuelven inmensos cuando Alice aprieta la barriga de la muñeca.

Ella le aparta las manos y grita:

—¡Es mía!

Alice tiembla como si el invierno se hubiera colado allí dentro. Semeja una hoja a punto de caer del árbol, y cae y ya no es más que un montón de ropa y de cabellos.

—Eso no ha sido nada amable —dice Rosy, y abandona a la negrita en su silla para consolar a Alice.

Béatrice se vuelve hacia el señor Paul, que la mira con enfado, y está a punto de llorar cuando Camille le habla al oído.

De inmediato Béatrice se levanta y se acerca al montoncito recogido contra el pecho de Rosy y mira a Rosy, que finge no verla, y se yergue sobre la punta de los pies y sacude un poco a Alice, que vuelve la cabeza con el pelo en la cara, y Béatrice le aparta el pelo con los dedos y le acaricia las pecas antes de enseñar la muñeca a los ojitos enloquecidos de miedo.

—Toma, es para ti.

Y no ve la sonrisa de Rosy.

Solo la de Alice, no mayor que una cerilla.

—Gracias —dice la boca antes de besar la muñeca.

Y todo el mundo aplaude menos Jujube, «yo nunca habría dado mi regalo», y Simon dice «no, tú te lo habrías comido», y eso hace reír hasta a la muñeca.

Béatrice se pone el anillo rosa en el dedo, se encasqueta la gorra que le ha regalado el señor Paul y desdobla el dibujo de Jujube: una playa con árboles de plumas y un enorme sol encima de una niña negra con bañador rosa tumbada en la arena.

—Rosy me ha ayudado un poco —reconoce Jujube.

Béatrice no le escucha. Mira el dibujo como si estuviera en él.

—Se parece a mi país —dice acariciando la playa con el dedo, y vuelven las lagrimitas y aquello ya no se parece en absoluto a un cumpleaños.

—¡Tengo hambre! —grita Jujube, y por una vez su queja es bien recibida.

Nos olvidamos de estar tristes. El hambre lo cambia todo. Zanahoria rallada, pescado y tallarines y al final la tarta de chocolate de Ferdinand, sobre la que Rosy y Camille encienden nueve velitas y cantamos desentonando *Cumpleaños feliz* y Béatrice sopla las velitas tan fuerte que todo el chocolate en polvo va a parar sobre Ahmed.

Parece tan negro como Béatrice.

Jujube devora su trozo con la cera de la vela encima y también la de Alice, que prefiere jugar con la muñeca que ríe, y después le entra angustia y se va a la enfermería con Rosy.

Nosotros nos quedamos con el señor Paul.

Béatrice se duerme en su hombro y oímos reír a la muñeca y a los hermanos Chafouin jugar al juego del diccionario.

—Atáxico.

—Linfático.

—Nefrítico.

Y luego ya no oigo nada más.

También yo me duermo, sobre las rodillas de Camille.

No paro de hacer preguntas a Rosy.

—¿A qué hora nos vamos?

—¿Y Pauline también viene?

—¿Qué nos llevamos en la maleta?

—¿Qué se come en la montaña?

Y Rosy dice «no es posible, parece un molinillo de preguntas».

—¿Qué es un molinillo? —pregunto.

Y entonces Rosy mira al techo y digo «era una broma», y Ahmed lloriquea y no sabemos por qué, y Rosy dice «pero ¿acaso queréis mi muerte o qué?» y Antoine responde «¡has perdido la chaveta, Rosy! ¿Cómo nos las arreglaríamos sin ti?».

Y todo eso era antes de que tomáramos el tren con nuestros esquís y nuestras grandes maletas, menos la de Jujube, que se la ha olvidado mientras compraba galletas en la estación. He pegado la cara al cristal y he mirado la foto de Rosy, que no viene con nosotros, y es como si me la llevara de todos modos.

Rosy ha dicho que la montaña es muy alta y que ella ya tiene miedo de subirse a una silla o incluso de mirar por la ventana: le entran ganas de saltar al vacío. He dicho que qué le impediría hacer una estupidez semejante y me ha

141

respondido que de todas formas era demasiado vieja para hacer batallas de bolas de nieve.

No puedo impedirle ser vieja.

Me he ido con el corazón en un puño y Simon me ha dicho que siempre podríamos llamarla por teléfono y eso me tranquilizó, pero hemos llegado a la montaña y he olvidado por completo llamar por teléfono a Rosy.

No dejo de dar vueltas en la cama.

Entonces me levanto en silencio para no despertar a los compañeros y voy a ver a Cabeza de Huevo, que descansa en otra habitación.

—¿Duermes? —le digo.

Y enciendo la lámpara y sacudo al ducador.

—¿Qué pasa, Calabacín, qué estás haciendo aquí?

Me siento en su cama y digo «no consigo dormir».

—Ve a tu cuarto y cuenta ovejitas —responde el muy idiota volviéndose contra la pared.

Espero un poco y digo «no hay ovejitas en la habitación, y de todas maneras está demasiado oscuro para contarlas».

Cabeza de Huevo no contesta y eso me pone de los nervios.

Grito en su oído «¡no hay ovejitas en la habitación!».

Y el ducador se incorpora de un salto en la cama, «¿estás majareta o qué?», y se frota los ojos y me mira como si se hubiera perdido, «bueno, cuéntame por qué no duermes», y bosteza y tiene los dientes completamente amarillos.

Entonces le hablo del frío que hiela los dedos de los pies en el fondo de los gruesos zapatos y las manos envueltas en manoplas que dificultan el quitar el envoltorio a los caramelos y solo sirven para sujetar los bastones, y eso cuando uno mantiene el equilibrio, porque la mayor parte del tiempo tienes el culo en la nieve.

Llevar esquís es como si caminaras sobre una piel de naranja.

Todo el rato te estás cayendo.

Y no consigo frenar con los dos esquís, no freno nada de nada, caigo hacia delante o hacia atrás o de lado, como Camille, mientras que Simon se mantiene erguido y baja frenando y dice que está chupado, y el monitor se siente satisfecho y nos pide que hagamos lo mismo, pero nosotros nos caemos como si ni siquiera supiéramos ya caminar.

Y nos hacemos daño, excepto Boris y Antoine, a los que nunca les duele nada y siempre quieren continuar, pero nosotros decimos «¡tregua!» y nos tendemos en la nieve y miramos al monitor como si fuera un monstruo, sobre todo Jujube, que sin embargo es de los que rebotan cuando caen.

Es solo para reírnos entre nosotros.

El monitor no es un monstruo.

Se llama Balthazar, pero nosotros lo llamamos Bataza a causa de Béatrice, que no puede decirlo de otra forma.

La verdad es que Bataza es amable con nosotros: se pasa más rato en el suelo recogiéndonos que de pie diciéndonos cómo hacer la chorrada esa del frenado.

Lleva los labios muy brillantes y huelen a fresa. Su piel está muy bronceada a fuerza de pasarse los días al sol con los críos, sin hacer nada. Y sus gafas son espejos en los que puedes verte.

A mí lo que me gusta es hacer la escalera.

Subo la pista como si fueran peldaños y así, al menos, está chupado. Lo único es que una vez arriba hay que bajar, y yo lo hago sentado.

Ahmed lloriquea tanto que el monitor lo sujeta entre sus piernas y Ahmed ya no se cae y dice «chupado», solo que cuando el monitor lo suelta Ahmed va derechito contra el abeto, pero no se hace daño.

Todos los demás quieren ir entre las piernas de Bataza, menos Jujube, que se tumba en la nieve para comerse las galletas, y yo, porque no tengo ganas de chocar con el abeto.

Me recuerda el accidente de mamá y el roble derribado con el que hicieron una mesa y una cama. Y no me apetece acordarme de todo eso.

Camille me dice con entusiasmo que es genial, y como tampoco tengo ganas de pasar por un cobardica a sus ojos, cierro los míos y hago todo lo que Bataza me pide que haga.

Separo los talones y dibujo una V al revés con los esquís.

Al final abro los ojos y Bataza me dice que soy un futuro campeón y Camille deposita un beso en mi mejilla y me entran unos calores como si su boca fuese un radiador.

A veces me dedico a mirar a las personas mayores, que tratan de agarrar el gran bastón para subir la pista, pero el gran bastón se les escapa de las manos y sube solo golpeándose contra la nieve, y me digo que no somos peores que las personas mayores que fingen saber.

De todas formas, cuando sea mayor subiré a lo más alto de la pista en escalera.

Después de la clase tomamos «un huevo» para ir a comer a la cima de la montaña y Cabeza de Huevo dice que las bromas más cortas son siempre las mejores y eso no nos impide reírnos.

En un momento dado, Michel ya no se ríe en absoluto a causa de Ahmed, que ha dejado caer su bastón de esquí por el agujero del huevo como si estuviera hecho para eso.

Yo estoy contento de llegar al restaurante porque tengo superganas de hacer pipí. Y una vez allí he de introducir una moneda de dos francos, que no tengo, para entrar en los lavabos. Bailo a la pata coja apretándome la pilila y es Cabeza de Huevo quien me salva, muy al límite.

Después comemos patatas fritas y carne en una terraza, con el sol calentándonos por todas partes. Michel llega con el bastón de Ahmed y se ha torcido la mano a causa del mal estado de la nieve.

No presto demasiada atención.

Miro a Camille.

Y me siento muy raro, como si mi corazón jugase al fútbol con mi estómago.

Pero eso no se lo cuento al capullo de Cabeza de Huevo, aunque no me haya meado encima gracias a él.

—Está bien, Calabacín —dice Cabeza de Huevo—. Ahora vuelve a la cama, si no, mañana por la mañana te dormirás en los esquís.

Y se vuelve contra la pared cuando digo «no te he contado la tarde».

—Ya me la contarás mañana —bosteza Cabeza de Huevo.

—No, ahora —digo superenfadado.

Con las personas mayores siempre ha de ser mañana.

Al final te ponen de los nervios.

—Estoy durmiendo —dice Cabeza de Huevo.

—No, no duermes, si durmieses no podrías decirlo.

—Venga, sé bueno o acabaré por enfadarme.

—No vale la pena que te enfades, todo lo que quería era que te interesases por mí, pero está claro que no me quieres.

—Eso no es verdad y tú lo sabes muy bien.

—No, yo no sé nada.

—Bueno —suspira Cabeza de Huevo—, te escucho.

A veces las personas mayores son peores que nosotros. Se les puede hacer tragar cualquier cosa.

Empiezo por hablar del telesilla.

Tengo mogollón de miedo y me agarro a la barra para no resbalar al suelo. Incluso me cosquillean las piernas cuando miro a la gente allá abajo. Y luego, en medio de la montaña, el telesilla se para y el viento sopla como en una atracción de feria.

—Nos vamos a hacer papilla —digo, en absoluto tranquilo.

Y Camille me aprieta la manopla y ya no tengo ningún miedo.

En lo alto de la montaña, Bataza comprueba que nos hemos atado bien los esquís y los zapatos y miro a una señora que hace lo mismo con un niño y no soy el único que los mira.

Simon dice «ese tiene suerte».

Boris, «quizá no sea su mamá».

Ahmed, «es guapa la señora».

Béatrice, «la mía es todavía más guapa».

Camille, «vale, pero eso no impide que no te hayas abrochado ese botón de ahí».

Alice, «las mamás ya no son para nosotros, de todas formas».

Alice tiene razón.

Miro por última vez a la señora abrochar el anorak del peque con sus dedos sin manoplas y tirar del gorro para protegerle las orejitas.

Yo siempre me he vestido solo, y si me equivocaba de botón nadie me decía nunca nada. Ni siquiera mamá, que veía la tele.

Nunca fue para mí una mamá como la de ese niño.

—Las vacaciones son para los ricos —decía.

En el cole, Marcel o Grégory se burlaban de mí porque nunca había ido al mar o a la montaña.

Ellos habían dormido en tiendas de campaña y yo no quería seguir escuchándolos porque todas aquellas historias de las vacaciones de los ricos me hacían arder la cabeza.

Ahora debo de ser rico, ya que voy de vacaciones.

Si no hubiera matado a mamá, nunca habría conocido la montaña.

En la montaña, las pistas tienen colores.

Nosotros bajamos por la verde y las personas mayores por la negra.

Simon dice que la verde es horizontal y la negra vertical y por eso nunca vamos a la negra. Si nos caemos, tenemos para mucho tiempo. Después el helicóptero viene a buscar los pedazos porque nos hemos roto en varios puntos.

Yo ya encuentro superdifícil la verde.

Desde que Simon me ha hablado del helicóptero, miro al cielo cuando caigo y solo veo a Bataza inclinado sobre mí y ayudándome a levantarme.

Al volver al chalé, armamos una superbatalla de bolas de nieve.

Alice y Ahmed nos miran desde lejos. Ahmed prefiere chupar la oreja del peluche y Alice no quiere pelearse.

Dice que toda su vida será igual.

A nosotros nos encanta darnos de hostias.

Después hacemos un muñeco de nieve, así Alice y Ahmed no se quedan solos demasiado tiempo. Le ponemos dos piedrecitas para los ojos, una zanahoria para la nariz y paja para la sonrisa.

Y dejo de contarle todo eso a Cabeza de Huevo.

Ya no sirve de nada.

El muy gilipollas está roncando.

El último día de vacaciones, Michel el barbudo dice que iremos a respirar «el aire fresco de la montaña», como si en Les Fontaines solo respirásemos gas.

Sobre todo creo que eso le hará bien a su mano, vendada y requetevendada.

Todos nos parecemos al muñeco de Michelin, debido al grueso jersey y al anorak.

El sol funde la nieve en las ramas del abeto y a veces cae en bloques si sacudes las ramas adrede, y más vale no encontrarse debajo.

Camille y yo nos quitamos una manopla para darnos la mano y a veces meto nuestras manos en el bolsillo de mi anorak y eso las calienta un poco.

Es divertido caminar por la nieve: dejamos un recuerdo con nuestros pasos. Y a veces aplasto algo y no sé el qué, y Camille y yo imaginamos huesos de esqueletos y nos damos miedo y al menos los huesos es mejor que las flores que intentan brotar bajo la gran alfombra blanca. A veces el camino es muy estrecho y debemos caminar uno detrás de otro y dejo pasar a Camille delante de mí.

—Cuidado, no os acerquéis demasiado al borde, podríais resbalar y caer —dice Cabeza de Huevo.

Como si tuviéramos ganas de caer al vacío para ver qué efecto hace.

Son bonitos todos esos abetos vestidos de blanco, y los tejados de las casas también, y toda esa nieve sobre la que nadie caminará nunca y bajo la que la hierba y las flores esperan al verano para brotar.

El frío conserva la hierba y las flores como un congelador.

—Anda, vamos, Calabacín, si no perderemos al grupo —dice Camille.

La miro, con sus largos cabellos completamente blancos que escapan del gorrito como si envejeciera al caminar.

No conozco una sonrisa tan bonita: enciende toda su cara como una lámpara situada sobre su cabeza, y es aún más bonito que la cima de las montañas y los abetos tan blancos que bajan hacia el valle.

—¿Qué pasa, qué tengo? —pregunta Camille.

—No conozco nada más bonito que tú —digo.

Hace una mueca, «hay montones de chicas más guapas que yo».

—¿Ah, sí? ¿Y dónde? —Y miro por todas partes a mi alrededor y hago gansadas.

—¿Te parece que soy bonita? —Camille cruza los pies y mira al suelo como si la respuesta fuera a salir de la gran alfombra blanca.

—Sí, la más bonita de todas.

La beso en la mejilla y miro al frente y ya no veo a nadie, «ven, date prisa, o nos reñirán», y no nos apresuramos demasiado para no rompernos una pierna y todo el grupo está sentado debajo de un gran árbol y el barbudo nos echa la bronca.

Reemprendemos el camino y el sol se va y gruesos nubarrones blancos se tragan todo el azul del cielo.

—Daos prisa, niños, casi hemos llegado al refugio —dice Michel.

Estamos todos en la casa de madera comiéndonos los bocadillos, cuando los rayos y los truenos nos hacen sobresaltar, sobre todo a Alice y Ahmed, que se esconden debajo de la mesa.

—Acabará por amainar —dice Cabeza de Huevo.

Pero no parece del todo tranquilo. Qué miedica es el pobre.

—¿Dormiremos aquí? —pregunto muy excitado.

—No está pensado para eso —responde Michel.

—¿Lo dices por los cepillos de dientes y el jabón? —se ríe Simon.

—No tenemos bastante comida y este refugio no está equipado para que podáis dormir en él.

—¿Nos moriremos de hambre? —pregunta Jujube con la boca llena.

—Claro que no. Estas tormentas no suelen durar —dice Michel.

—Tendríamos que habernos informado sobre la meteorología —dice Cabeza de Huevo.

—Deja de quejarte —replica Michel—. Boris, ayúdame a hacer fuego.

—¡Sí, qué guay!

—¿Puedo yo también? —pregunto.

—Sí, haz bolas con esos periódicos viejos.

—¿Y yo qué hago? —pregunta Boris.

—Lo mismo.

—¿Y yo? —pregunta Simon.

—Elige la leña menuda y deposítala sobre el montón de papeles en la chimenea. Eso es, así, muy bien.

Michel rasca una cerilla y todos nos acercamos al fuego, excepto Alice y Ahmed, que siguen sin querer salir de su escondite.

Michel propone un juego.

El juego de la frase que se alarga.

Consiste en decir cada uno una palabra por turnos y en repetir la de quien tenemos al lado hasta formar toda una frase.

Béatrice no ha entendido nada y cuando le llega el turno olvida repetir las palabras de los demás y es eliminada.

Luego le toca el turno a Cabeza de Huevo, que olvida el «anoréxico» de Boris, a Jujube, que pasa por alto el «bañador» de Béatrice, y a Simon, que se salta el «hilera» de Michel.

De momento ha salido «la señora Papineau se comió un anoréxico bulímico en bañador violeta que pelaba calabacines en hilera porque el cartero había olvidado echar al correo su gorra».

Camille añade «a causa de».

Antoine «el señor».

Y yo «Paul».

La cosa está muy reñida entre los tres, y añadimos montones de palabras hasta que Antoine es eliminado al olvidar el «bulímico» de Jujube.

Camille y yo nos miramos.

Espero a que ella recite «la señora Papineau se comió un anoréxico bulímico en bañador violeta que pelaba calabacines en hilera porque el cartero había olvidado echar al correo su gorra a causa del señor Paul, que escondía los tomates en el granero verde del pavo real rojo», para luego dejarme adrede el «verde» del granero. Camille ha ganado y es la mejor y me siento muy orgulloso de lo que he hecho.

—La tormenta se ha calmado —dice Cabeza de Huevo muy contento.

Seco el vaho de la ventana con la manga de mi suéter. Fuera todo está blanco, incluso el camino borrado por la tormenta de nieve. Siento cómo una mano toma la mía y me vuelvo.

—¿Podemos volver a casa? —murmura Alice.

—Sí, Alice, podemos volver a casa.

Y noto cómo la manita aprieta más fuerte la mía.

Resulta muy raro volver a Les Fontaines después de las vacaciones en la nieve. Sobre todo porque la lluvia sustituye a la gran alfombra blanca y ya no podemos ir a pasear por los bosques a causa de unos agujeros donde «podríamos ahogarnos», como dice ese miedica de Cabeza de Huevo.

Como si no supiéramos nadar, con tantos martes pasados en la piscina, aparte de Ahmed, desde luego, que siempre se pone el salvavidas para no hundirse.

Además, no serán unos agujeros de nada los que nos den miedo, pero Cabeza de Huevo decide no ensuciarse sus bonitos zapatos completamente nuevos y nos priva del paseo y no es justo.

Entonces Simon y yo robamos el kétchup de Ferdinand y lo vaciamos sobre sus Adidas y le está bien empleado.

Solo que Cabeza de Huevo se chiva a la directora y Simon y yo nos quedamos sin postre toda la semana y nos trae sin cuidado gracias a Ferdinand, a quien Cabeza de Huevo no le cae bien y que nos pasa manzanas a la chita callando.

Y luego nos cae una buena, y no precisamente una fruta.

Todo por culpa de Pauline.

Se olvida la cartera en Les Fontaines y descubre a Simon a las dos de la mañana.

Y Simon está leyendo su cuaderno de notas.

Pauline despierta a todo el mundo como si Simon quisiera matarla o algo peor, robarle la cartera.

—He pillado a este sinvergüenza con la mano en mi bolso.

Chorradas, ni era su mano ni era su bolso, solo los ojos de Simon en la gilipollez de cuaderno de Pauline.

La cartera ni siquiera la ha abierto.

¿De qué le servirían las fotos de los novios de Pauline?

Rosy está fuera de sí.

Se reprocha no haber visto a Simon cuando escondía la llave.

Dice «habría podido guardármela en el bolsillo y nada de esto habría ocurrido».

Por eso Simon lo sabe todo acerca de nosotros.

Yo no sé guardar un secreto.

Siempre me libro de él como si me quemase la lengua.

Y en este caso nada de hacer la barandilla o verse privado de postre ni siquiera por un año. Simon sale del despacho de la directora con una cara que mete miedo y dice «me han expulsado».

Corro a ver a la señora Papineau y le suplico.

—Geneviève, no puede hacer una cosa así. Simon es un buen chico, y ni siquiera ha tocado la cartera de Pauline.

—Me alegra que me llames Geneviève por primera vez, pero no puedo dejar sin castigo un acto semejante. Simon irá a otro centro más severo, y espero que le sirva de lección. Las informaciones que os conciernen son confidenciales. Y sé que no ha robado nada en absoluto de la cartera, ¡menos mal!

—Pero usted quiere mucho a Simon, sé que va a verla a su casa para escuchar al señor Mozart.

—Sabes muchas cosas, pequeño.

—No me llame pequeño, sobre todo si nos quita a Simon. Yo no leo los cuadernos de Pauline, pero tengo los oídos bien abiertos. Veo que no tiene usted corazón ni nada, si no, no haría una cosa así. Es a Pauline a quien habría que castigar, con todos esos sobeos que le hace el señor cada martes mientras estamos en la piscina.

—Vaya, vaya.

—Sí, y no se anda con chiquitas a la hora de levantarse la falda y abrir mucho la boca para que el señor se meta dentro con su lengua.

—Bien, ya me ocuparé de ella más tarde. Mira, Icare, Simon es un niño como todos vosotros, que no ha tenido suerte. Sus padres murieron. Yo conocía bien a la mamá de Simon y le prometí que velaría por su hijo en caso de que le ocurriera alguna desgracia. Y la droga, pequeño, es una gran desgracia.

—La gran desgracia es enviarlo a otra parte. Se sentirá triste lejos de usted, Geneviève, y nosotros peor.

—Todos lo superaremos. No puedo hacer otra cosa. También tú habrías ido a otra casa de acogida si Pauline te hubiera sorprendido a ti, ¿entiendes?

Oír eso me produce un escalofrío en la espalda.

¡Perder a Camille y a mis amigos para siempre!

Solo pensar en ello me hace muy desdichado.

—Vamos, Icare, no pongas esa cara, no se trata de ti, sino de Simon. Y no me echaré atrás en mi decisión.

Salgo con el corazón en un puño y es como si me lo estuvieran estrujando. Camille me espera detrás de la puerta, y no necesita preguntar cómo ha ido con la señora

156

Papineau, debe de leerse en mi cara con más facilidad que cuando escribimos al dictado del señor Paul.

Rosy, que pasa por allí, nos envuelve con una sonrisa.

—Mis niños —dice.

Y eso es todo.

Sabe muy bien que todo está perdido para Simon.

Se sienta en un banco. Se diría que tiene cien años.

—La sucia Zorrita soplona —digo en voz baja, y a ella le digo—: No cambia nada en nuestras vidas porque Simon esté al corriente de todo, ¿verdad, Rosy?

—No, no cambia nada —responde Rosy.

—No es culpa tuya —le dice Camille—. Tú nos quieres. Tú nunca habrías denunciado a nadie.

—¡Pues bien, eso va a cambiar! ¡Pauline no irá al paraíso, podéis creerme!

Y se levanta rebosante de vitaminas y va a llamar a la puerta de la señora Papineau.

No se oye ni el vuelo de una mosca, solo los cubiertos en el plato, y ni eso. Jujube es el único al que lo ocurrido no le quita el apetito.

Pienso en mi primer desayuno, cuando Simon me amenazó con que me haría la vida imposible si no le untaba las tostadas.

Pronto hará ocho meses.

Y no hay más que verlo ahora, ya no tiene nada de gallito orgulloso.

No mira a nadie y hace bolitas grises con la miga del pan.

Ferdinand ha preparado su tarta favorita, de merengue y chocolate, pero Simon actúa como si se tratase de lengua de buey.

—Simon, ¡Ferdinand ha cocinado esta delicia para ti! —dice Rosy.

—Me importa un comino.

—A mí no —dice Jujube, y se sirve una generosa porción.

—¡Las manos quietas! —grita Rosy. Y le pega en los dedos con el tenedor.

—¡Ay, me has roto el dedo!

—Claro, claro, Jujube —dice Simon—. ¿Y cómo va tu cabeza?

—Mal, como de costumbre —dice Alice.

—Bueno, pues me voy a la enfermería, ya que estáis todos contra mí.

—Eso es, ve a ver a Yvonne —dice Simon—. Así podremos tomarnos unas vacaciones.

—Vale, serán vacaciones —grita Jujube—, pero no tan largas como las tuyas.

Y corre como un conejo perseguido por un zorro.

—No ha sido nada amable decir eso —lloriquea Ahmed—. Yo no quiero que te vayas.

—Vamos, gatito, no hay que llorar —dice Rosy. Y prorrumpe en sollozos.

Eso hace llorar a Béatrice y a los hermanos Chafouin y a mí me cosquillea la garganta y a Camille también y Alice se esconde debajo de la mesa y Simon oculta la cabeza entre los brazos.

Aunque todas las moscas del mundo volasen a nuestro alrededor, ni siquiera podríamos oírlas, con nuestras narices que moquean y sorben ruidosamente.

—Tengo una idea —solloza Camille.

Y henos aquí marchando en fila india, dispuestos a arrancar el cuero cabelludo a Pauline si se cruza en nuestro camino, y nos secamos las lágrimas con las manos y eso nos deja manchas en las mejillas como las pinturas de los sioux, y ni siquiera llamamos a la puerta, nos colamos todos en el despacho de la directora.

—Rosy, ¿hará el favor de explicarme esta invasión?

—Geneviève, hemos venido a suplicarle que no expulse a Simon.

—¡Rosy!

—Lo sé. No es mi papel y desde hace treinta años nunca me he quejado. Pero aunque no sean mis hijos, es como si lo fueran, y no puedo soportar verlos tan tristes.

—En fin, sabe usted muy bien que Simon no tenía derecho a hacer una cosa semejante.

—Señora directora —lloriquea Ahmed—, si Simon se va yo no quiero quedarme aquí. Me iré a América con ese señor que dice ser mi papá y seré el chico más desgraciado del mundo y será culpa suya.

—Vamos a ver, Ahmed, no es tan grave que uno esté con su papá...

—No es mi papá —refunfuña Ahmed.

—Yo no tengo a nadie —dice Alice—, y si echa a Simon no volveré a sonreír nunca. Pero si Simon se queda, entonces me recogeré el pelo y le ofreceré mi mejor sonrisa.

—Venga, señora —suplica Boris—. Y por nuestra parte, le prometemos no volver a hacer trastadas.

—Y yo podría limpiar su despacho —dice Antoine—. Mire, está lleno de polvo.

Pasa el dedo por un estante y lo retira completamente negro.

—Simon sabe más de lo que pone en esos cuadernos —dice Camille—. Pero no es lo que sabe de nosotros lo que nos hará daño. El daño consiste en arrebatarnos a un hermano. Como si no fuéramos lo bastante huérfanos con todas nuestras desgracias...

–Tiene razón –digo–. No hay que hacer eso, Geneviève, y no creas que lo superaremos. Caeremos todos enfermos y será por tu culpa.

Y nuestras voces se elevan en la habitación con un solo grito: «¡Por favor!», y resulta extraño que nuestras bocas se parezcan y ese silencio que cae enseguida en el despacho.

La señora Papineau gira un lápiz entre sus dedos.

Todos miramos el lápiz y la cosa dura mogollón de tiempo.

Luego la señora Papineau dice «bien, me lo pensaré».

Y todos nos precipitamos sobre la directora para sofocarla con nuestros besos y Rosy estrecha a Simon muy fuerte contra su pecho y estoy seguro de que llora porque sus hombros bailan.

Rosy dice que he pillado un resfriado jugando al fútbol bajo la lluvia.

Simon y Ahmed y todos los demás se han ido al cole.

Yo debo quedarme en la cama, y si trato de levantarme me siento muy raro y todo da vueltas como un tiovivo y he de sujetarme a la mesa para no caer.

Yvonne la enfermera me pide que apriete un termo-no-sé-qué entre los labios y después dice que tengo fiebre mirando el palito debajo de la lámpara y pregunto si voy a morir e Yvonne me pone la mano en la frente y dice «¡claro que no, menuda idea, por Dios! No es más que un resfriado», y no la creo.

Me digo ya está, es el fin, voy a irme al cielo y ni siquiera sé tocar el arpa y no tengo ganas de beber cerveza y, sobre todo, no quiero irme lejos de Camille.

Después tomo un vaso de agua con una cosa dentro y hago una mueca y apoyo la cabeza en la almohada y miro al techo y veo ángeles con grandes alas negras y después ya no lo sé.

Debí de morir un poco, porque vi a Rosy sentarse en el borde de la cama con un libro en las manos.

—¿Cómo te sientes, cariñito?

—Creía que estaba muerto.

—Esas cosas no se dicen. No es más que un enfriamiento.

—Sí, y también tengo mucha fiebre.

—Los medicamentos te la bajarán. No te preocupes.

No sé si es su voz o sus ojos, pero cuando Rosy está conmigo, ya no tengo miedo a morir.

Con Yvonne, pese a todos sus aparatos, no es lo mismo.

No me gusta mucho beberme sus vasos de agua con cosas dentro que ni siquiera huelen a granadina, y después se va, porque tiene montones de gente para cuidar en otra parte, y yo me quedo solo con mi resfriado y mi fiebre y no es justo. Se diría que estoy castigado, mientras que todos mis amigos se han ido y Camille también.

Lo único bueno cuando se está enfermo es que puedes quejarte sin que te riñan y que la gente es muy amable contigo. Incluso la señora Papineau vino a preguntarme cómo iba y puse ojos tristes y la señora Papineau dijo «pobre criatura» y dejó un puñado de caramelos en la mesilla e hice como que no los quería, y cuando se fue, me precipité sobre ellos como si fueran a quitármelos y luego tenía algo de angustia y sumado al resfriado y a la fiebre ya era mucho.

—¿De qué va tu libro? —pregunto a Rosy incorporándome sobre las almohadas, que huelen un poco a gallina dado que no me he lavado desde la víspera.

—Es la historia de un pequeño tuareg que vive en el desierto.

—¿Qué es un tuareg?

—Los tuareg son un pueblo de nómadas que vive en África, en el desierto del Sáhara.

—¿Qué es un nómada?

—Un nómada es alguien que nunca permanece mucho tiempo en el mismo sitio.

—¿Un poco como nosotros?

—Sí, podría decirse así —dice Rosy sonriendo.

Y me cuenta la historia del tuareg Hassan, un niño de mi edad que se pasa los días a lomos de camello recorriendo el desierto bajo un sol más ardiente que mi frente. A Hassan le gustaría caminar, pero la arena está demasiado caliente y se hundiría en ella y desaparecería para siempre. Entonces espera a la noche. Da unos cuantos pasos por la tienda, pero dando vueltas en círculo como un león enjaulado. Cuando toda su familia duerme con unos ronquidos que podrían despertar a los animales salvajes, sale al exterior. Las estrellas dibujan una flecha en el cielo cuando se pierde, y la arena todavía tibia se endurece para no tragárselo y los animales salvajes se esconden en la oscuridad para no asustarlo y Hassan puede cumplir su sueño y caminar durante horas sin tener miedo. Cuando vuelve para acostarse, no sabe que el tiempo se ha detenido para que no se sienta demasiado cansado durante el día. Puede dormir tranquilo mientras los ángeles del desierto velan por él porque no tiene otra cosa que el sueño.

—Al menos tiene a su familia —digo.

—Sí, pero su familia debe montar el campamento, preparar los itinerarios, vigilar que los camellos no se escapen, y no se ocupan del pequeño tuareg.

—Tu historia no me gusta. Va sobre un niño que tiene la suerte de tener toda una familia y resulta que su sueño consiste en caminar por la arena porque se pasa todo el día a lomos de un camello.

—Es un cuento, Calabacín.

—Entonces no me gustan los cuentos. Tampoco nosotros tenemos gran cosa. Tal vez no vivamos en el desierto, pero caminamos mucho por los bosques, excepto cuando Cabeza de Huevo no quiere ensuciarse sus zapatos nuevos, y tampoco tenemos casas y somos como los nómadas porque confiamos en que algún día nos iremos de aquí, y los que tienen familia son tan desdichados como Hassan. ¿De qué sirve tener una familia si no dispone de tiempo para ocuparse de ti y quererte?

—Nada nos dice que a Hassan su familia no le quiera. La vida es dura en el desierto, más dura que en el campo o la ciudad, y la familia no tiene elección. Hassan es feliz porque ve cumplido su sueño, y no sabe que los ángeles tienen mucho que ver en ello.

—¿Tú crees que los ángeles también velan por nosotros y que las estrellas dibujan una flecha si nos perdemos y que el tiempo se detiene si paseamos de noche por los bosques?

—Desde luego que sí, Calabacín mío.

—Esta mañana creo que he visto ángeles con grandes alas negras.

—¿Dónde? –pregunta Rosy, algo inquieta.

—Por encima de mi cabeza, después de los medicamentos de Yvonne.

—Sin duda estabas durmiendo, pequeño, o eran sombras que pasaban a través de los postigos cerrados.

—No; eran ángeles de grandes alas negras –digo un poco enfadado.

¿De qué sirve contar historias sobre ángeles que velan por un niño si no crees en ellas? A veces habría que sacudir a las personas mayores para hacer caer al niño que duerme en su interior. Todo eso no hace que me entren precisamente ganas de crecer. Estoy seguro de que las hadas y los ángeles velan por mí, si no, ¿cómo habría podido conocer a Camille?

Los ángeles me llevan por el desierto de Hassan, pero resbalo sobre sus plumas y caigo y me deslizo por los rayos del sol, y siento como una caricia sobre mis rubios cabellos y abro los ojos y veo a mi ángel.

–He encendido la luz –dice Camille–. No se ve nada en tu habitación.

–Ten cuidado con Rosy. Si llega a verte aquí...

–No te preocupes, están todos en la cocina. He dicho que no me encontraba bien.

–¿Es verdad?

–No –dice Camille con una bonita sonrisa–. Y tú, ¿cómo te encuentras? Tienes suerte, ¡todo el día en la cama!

–No sé si es una suerte no verte.

Y Camille me besa dulcemente en la boca.

–Cuidado –digo–, ¡vas a pillar mi fiebre!

–¡Cobardica! ¡Tienes miedo de Rosy!

–Sí –digo.

Si alguna vez nos ven a los dos en la habitación se armará la gorda. Al mismo tiempo tengo ganas de comerme su boca y nos miramos intensamente. Agarro su cara como una ensaladera que temiera dejar caer. Abro mucho los ojos cuando nos besamos. Mi corazón va a explotar de un momento a otro y me digo que un ducador nos descubrirá y me da miedo y es guay y tengo la impresión de que el tiempo del cuento se ha detenido para prolongar ese beso, pero Camille se incorpora rápidamente.

–He oído un ruido.

–Es mi corazón.

–No; parecen los pasos de Rosy.

–¿Quién es el cobardica? –pregunto riendo, y oigo también el ruido y le digo «escóndete detrás de la cama» y Rosy entra en el cuarto y no nos ha pillado por los pelos.

—¿Todo va bien, pequeño?

—Sí, un poco cansado.

—Veo que en cualquier caso tienes buen apetito.

Se inclina para recoger la bandeja y contengo la respiración por si oye la de Camille.

Dice «voy a prepararte la merienda, ahora vuelvo».

Y se va y creo que voy a morirme de miedo o algo peor todavía.

—Ya puedes salir, se ha ido —digo.

Pero Camille no está detrás de la cama.

Después de todo, es un ángel. Ha debido de irse volando o desaparecer.

Simon dice «a veces todo parece ir al ralentí y eso se llama aburrimiento».

Yo no estoy de acuerdo.

Me despierto. Me cepillo los dientes. Me lavo. Rosy comprueba que no he olvidado el jabón. Me tomo el desayuno. Miro a Camille. Corro al autocar. Aprendo que los nombres que terminan en «z» hacen el plural en «ces». Es la hora del recreo. Juego a las canicas o a tú la llevas con los chicos. A nada con Camille. Vuelvo a clase. El señor Paul nos explica la electricidad. No entiendo nada. Pauline se fue sin decirnos adiós. Nadie la echa de menos. Y Rosy menos que nadie. Cuento a la señora Papineau cómo me ha dado la corriente con los experimentos del maestro. Me sirvo de la reserva de caramelos. Engullo la merienda y la mirada de Camille. Celebro el cumpleaños de Jujube. De Boris. De Alice. Hago los deberes con Simon y Ahmed. El lunes por la tarde veo la televisión. El martes voy a la piscina. Y el fin de semana a casa de Raymond con Camille.

¿Y Simon quiere hacerme creer que todo pasa al ralentí?

Simon, además, siempre está donde no debería estar, como si lo hiciera adrede. Pasa por el pasillo cuando oye a la señora Papineau y a Pauline hablar del señor que le da sobeos el martes cuando estamos en la piscina, y se esconde detrás de la puerta entreabierta.

—Todo esto es por culpa de Rosy —dice Pauline—. Estoy segura de que no se ha cortado un pelo para contarle todo eso.

—Poco importa quién me lo haya dicho —responde la directora—. Su función es vigilar a los niños en la piscina.

—Estaban con Michel, por el amor de Dios, nadie se ahogó.

—Lo que haga fuera de aquí no es de mi incumbencia. Pero no me hace ninguna gracia que los niños la vean besar a un desconocido.

—No era un desconocido. Usted lo conoce bien, es...

—Cállese, me trae sin cuidado. Su conducta no es la de una educadora.

—Ah, ¿y si hiciera de educadora, como usted dice, y contara al señor Clerget el asunto de los cuadernos?

—No hay ningún asunto —responde la señora Papineau—. Y no le aconsejo que hable de ello al juez, o me ocuparé personalmente de usted y, créame, el hecho de marcharse de aquí no será nada comparado con eso.

—Solo era una broma, señora directora —dice Pauline antes de cerrar de un portazo.

Y se aleja con un paso que no tiene nada de broma.

No sé lo que dijo Rosy, pero me acuerdo muy bien de lo que dije yo para salvar a Simon, y es verdad que cuando vi cómo Pauline se marchaba sin decirnos adiós me sentí culpable.

Rosy me dijo «no tienes nada que reprocharte, cielo. Esa sucia Zorrita iba a soltárselo todo al juez, y no estoy segura de que la señora Papineau hubiera podido hacer nada por Simon».

Pero lo más importante es que nuestra treta de sioux funcionó.

Y la bruja no se lo vio venir.

Camille entra en la habitación con la pequeña grabadora de Boris oculta en el bolsillo.

La bruja cierra la puerta con llave.

—Así nadie entrará por casualidad. No conseguiste engañarme la última vez, requeteimbécil.

—¿Cómo estás? —pregunta Camille como si fuera sorda.

—¿Y a ti qué narices puede importarte?

—Solo quería saber qué tal andabas, tata.

—No me llames así. Prefiero olvidar que somos de la misma familia.

—Si ese fuera el caso, ya no tendrías ningún motivo para venir aquí.

—Ni lo sueñes, pequeñaja. Soy una mujer con muchas obligaciones y te he metido aquí porque no me apetece nada tenerte dando vueltas alrededor de mí. Tampoco dispongo de medios para ello. Yo me gano la vida honradamente. Ni siquiera me atrevo a imaginar lo que me habrías costado si te hubieras quedado conmigo. Y, además, me serás más útil cuando llegues a la mayoría de edad. Todo cuanto quería era que te apretasen un poco las clavijas. Pero veo que no es así. Por lo demás, estoy pensando en sacarte de aquí.

—¿Por qué?

—Porque no es cariño lo que necesitas, sino una mano firme que te ponga las ideas en su sitio.

—¿Qué ideas?

—No te hagas más tonta de lo que eres. Aquí haces lo que te da la gana y no tienes la menor idea de lo que te espera fuera. ¿Qué te has creído? ¿Que vivirás del agua clara? Si yo fuese tu madre...

—Estarías muerta.

—No me hables en ese tono. ¿Quién te crees que eres? No eres más que una huérfana mal hecha, maleducada, vestida como una puta. Con una madre que se revolcaba más que respiraba y un padre como una cuba de la mañana a la noche, no es de extrañar que te hayas echado a perder.

—¿Por qué eres tan mala? Yo no te he hecho nada ni te he pedido nada. Puede que me haya echado a perder, pero si papá aún estuviera aquí, no te habría permitido hablarme así.

—Con toda seguridad me habría levantado la mano. ¡Solo servía para eso! Basta con ver lo que le hizo a tu madre. Y tú ya te pareces a ella. Una puta, en eso te estás convirtiendo.

—¿Qué es una puta, tata?, ¿es algo parecido a ti?

—Eso es lo que te enseñan aquí, pero la cosa no va a durar, créeme.

—Nunca volveré a tu casa, y si intentas meterme en otro sitio, se lo contaré al gendarme.

—Tu gendarme no puede hacer nada contra mí, tengo la ley de mi parte.

—Y si te oyeran hablar así, quién tendría la ley de su parte, ¿eh, tata?

—¿Acaso crees que estás en una película? ¿Ves cámaras en esta habitación o quizá uno de esos sucios críos con la oreja pegada a la puerta? Nadie te creerá, tu palabra contra la mía no vale nada. Ya he avisado a la directora de que eras una completa mitómana. Pobre pequeña, con una madre como la tuya, eso cuela como una carta por la boca del buzón.

—¿Qué significa *mitómana*?

—Significa que mientes más que hablas y que inventas toda clase de cosas.

—¡Pero eso es lo que eres tú!

—El mundo es mucho más cruel de lo que crees. ¿A quién creerán, a una huérfana mitómana o a una mujer honrada?

—¡Tú no tienes nada de honrada!

—Eso solo lo sabemos nosotras dos, cabeza de chorlito.

Me habría encantado ser un pequeño ratoncito, y no soy el único, cuando la señora Papineau, Rosy y la señora Colette escucharon la grabación. Vimos al juez salir del despacho y decir muy enfadado «¡no será ese el curso de los acontecimientos!».

Camille nos lo contó todo y yo llamé por teléfono a Raymond, que vino enseguida a Les Fontaines para hablar con la señora Papineau.

—De todos modos, hay que desconfiar de la bruja —dijo Raymond—. Sigue siendo su tía. El juez ha avisado al inspector de la asistencia social a la infancia y creo que se las hará pasar canutas. Lo conozco bien y no es ningún blando, sobre todo cuando hablan así a los niños.

Y luego, como si no hubiéramos tenido suficientes emociones con todo aquello, la mamá de Béatrice avisa que vendrá a ver a su hija a Les Fontaines.

Béatrice no para de decir que el sol está en su corazón, y a nosotros nos alegra verla toda risueña, con su bonita sonrisa de dientes blancos sin el pulgar dentro. Desde que sabe que su mamá viene de verdad, usa el tenedor y come con buen apetito, y Rosy está muy orgullosa del cambio.

Lo único es que la mamá de Béatrice no viene sola, lleva un revólver en la mano.

Piensa que Rosy la ha sustituido en el corazón de su pequeña.

Y ya no hay sol cuando Béatrice sale corriendo del despacho y grita a Rosy «¡escóndete, mamá quiere matarte!».

Todo el centro está silencioso porque los niños se han ido al parque Astérix con los ducadores. Incluso la señora Papineau se ha tomado dos días para visitar a una amiga en provincias, y las únicas familias presentes se han llevado a sus hijos a su casa o se han ido a pasear al campo.

Camille y yo estamos en casa de Raymond.

Solo Simon está en Les Fontaines por no haber hecho los deberes. Oye gritar a Béatrice y sale de la habitación.

Al menos resulta más divertido que conjugar el futuro de los verbos «venir, hacer, decir y caber».

Corre a ocultarse en el despacho de la secretaria. De vez en cuando asoma la cabeza y nadie le presta atención.

Ese es Simon, no cabe duda.

Rosy se enfrenta a una señora negra y gorda muy encolerizada, con los ojos todos salidos y el revólver en la mano.

Grita «yo soy la única madre de Béatrice».

Y Rosy, «pero por supuesto, señora, no hay ninguna duda», con una voz muy tranquila, como si el revólver no la estuviera apuntando.

—Intentas robármela, es eso, ¿verdad? —chilla la señora negra y gorda, y su voz resuena por todas partes como si las palabras chocasen contra las paredes y rebotasen en el suelo.

—No, yo no intento nada, tan solo hacer la felicidad de estos pobres niños. Sea razonable, señora, deme el arma.

—¿Dónde está mi pequeña? He venido por ella.

—Se ha escondido porque el revólver le da miedo.

—No quiero darle miedo, solo decirle que la echo de menos.

Rosy da dos pasos al frente, «¿con un revólver?».

—No sigas avanzando o te dejo frita.

—Puede dejarme frita si quiere, señora, pero piénselo bien antes. Piense en Béatrice, pues se expone a perderla para siempre. Nadie será indulgente con usted si me mata.

—Todo lo que quiero es ver a mi pequeña.

—Entonces deme el revólver y lo arreglaremos.

—No es culpa mía si no vengo más a menudo. No tengo dinero y su padre no quiere que deje la casa.

—Lo comprendo, señora.

—No, usted no entiende nada. Está ahí plantada diciéndome unos «señora» largos como mi brazo, pero su madre soy yo.

—Nadie dice lo contrario.

—Estoy tan cansada... —dice la señora negra y gorda. Y baja el arma y gruesos lagrimones brotan de sus ojos.

—Voy a ir hacia usted —dice Rosy.

La señora gorda no responde.

Rosy avanza lentamente y toma con cuidado el revólver y lo deposita en el suelo. De una patada lo envía bailando hacia donde Simon está escondido, y él se apresura a recogerlo.

—Ya está, todo ha terminado —dice Rosy tomando de la mano a la mamá de Béatrice—. No diré nada a nadie, se lo prometo.

—¿Puedo verla? —solloza la mamá.

—Sí, venga conmigo.

Las dos mujeres salen en busca de Béatrice. Simon las sigue con el revólver oculto en el bolsillo.

—Por si acaso —me cuenta Simon.

Afortunadamente no hubo «acaso».

Lo único es que Béatrice tiene miedo y no quiere quedarse a solas con su mamá, así que Rosy permanece allí, y se hace muy pequeñita para dejar que crezca el amor de la verdadera madre.

—Tienes suerte de que nadie te viera —digo—. Realmente se diría que te buscas los líos tú solito. No siempre funcionará lo de ocultarte en el despacho de la señora Papineau.

—Tenía miedo por Béatrice y por Rosy, pero me habría limitado a disparar al aire, ya lo sabes.

—En cualquier caso, has hecho bien devolviéndolo a su sitio y regresando a la habitación para fingir que estudiabas.

—¡Pero si no fingía!

—¡Venga ya!

—¿Venga ya qué? Te juro que estaba repasando. Cuando Rosy vino a buscarme para la merienda le recité la puntuación «buenos días, coma, dijo el lobo, punto. No hace nada de calor fuera, punto. El aire es cortante, coma, ¿sabe usted?, punto».

—¿Y Béatrice?

—No tocó la rica merienda que le preparó Rosy. Con el pulgar en la boca, de todas formas, ya no quedaba sitio. Su mamá trató de hacerle comer una tostada con mermelada, pero Béatrice dijo que no con la cabeza y su mamá parecía muy triste. Yo no la miraba demasiado, me daba miedo que lo leyera todo en mis ojos. Cuando se fue, dije «adiós» y Rosy me riñó con la mirada, pero, en fin, no esperaría que besara a la señora del revólver... Béatrice dejó que la estrechara entre sus brazos, pero pude ver muy bien que ella no abrazaba gran cosa, aparte de su pulgar. Le dio un beso en la mejilla y eso fue todo. Cuando la señora se fue, Béatrice no quiso jugar con Rosy. Agarró su muñeca, que iba en bañador, y la vistió peor que en invierno.

Me despierto a causa de la luz encendida y digo «¿qué está pasando aquí?», y Simon refunfuña y Ahmed no dice nada y es normal, porque su cama está vacía.

—Simon —digo muy bajito—, Ahmed no está.

—Habrá ido a hacer pipí, vuelve a dormirte.

—No, el pipí se lo hace en la cama, nunca lo he visto levantarse de noche para eso.

—Mmmm.

—Bueno, quédate ahí si quieres, yo voy a despertar a la nueva ducadora.

—Eres un plasta —dice Simon con los ojos legañosos, sentado en la cama.

La nueva ducadora se llama Charlotte, y se diría que su cabello está ardiendo a causa de su color, y parece dormir profundamente, sobre todo teniendo en cuenta que somos dos los que la sacudimos.

—¿Qué pasa? ¿Quién es? ¡Ah! Pero ¿qué estáis haciendo aquí? —Y ya está de pie, con un camisón blanco demasiado grande para ella.

—Es Ahmed —digo—. No está en su cama.

—Bien, dejadme sola para que me vista y nos vemos en la habitación.

Charlotte es genial.

Simon oyó a Rosy decir a la directora «es demasiado joven para este trabajo. Forzosamente ha de carecer de experiencia», y la señora Papineau respondió «nunca está usted contenta, Rosy. ¿Sabe lo difícil que resulta contratar a un educador en nuestros días? Acabaré por creer que está usted celosa de las mujeres».

—¿Yo? —dijo Rosy con la mano sobre su abundante pecho.

—Sí, usted. Y si quiere un consejo, conviértala en una aliada.

Y de Charlotte no es difícil hacerse amigo, aunque a veces sus cejas se levanten cuando hacemos alguna trastada. Nos enseña toda clase de juegos y pasea durante horas con nosotros por el bosque, y conoce todos los nombres de las flores y los árboles y nos señala las setas comestibles y aplasta las malas con el pie. Siempre tiene una palabra amable para nosotros o para Rosy, que ha acabado por hacerse amiga suya. No hay más que verlas pasar por delante de Michel o François, orgullosas como pavos reales haciendo la ronda. Simon me dijo que Michel había intentado hacerse amigo de Charlotte, y que la mano en el culo no fue una buena idea, vista la bofetada que recibió a cambio. Desde entonces se mantiene alejado, y Cabeza de Huevo, que también tiene miedo de las mujeres, siempre anda pegado a Michel, y Rosy dice «¡ah, los hombres!», y Charlotte responde «¿hombres?, ¿dónde?» y nosotros nos echamos a reír y tensamos los músculos que no tenemos, aparte de Simon, que hace mucha gimnasia, y el barbudo escupe en el suelo y François dice «no les hagas caso», y Rosy, «¡y además son unos maleducados estos granujas!».

—He traído la linterna —nos dice Charlotte—. Y me parece que voy a despertar a Rosy, cuatro no seremos demasiados para encontrar a Ahmed.

—¡Qué guay! —decimos Simon y yo, porque teníamos miedo de que nos pidiera que nos quedáramos en la cama e incluso nos hemos vestido adrede.

La acompañamos al dormitorio de Rosy caminando de puntillas para no despertar a los otros niños.

Pienso en Camille, pero me digo que no hay que forzar demasiado las cosas con Charlotte.

No importa, llevo a Camille conmigo en mis pensamientos.

Simon, Charlotte y yo nos desternillamos de risa al descubrir a Rosy con su gorro de dormir y el antifaz que le cubre los ojos y sus ronquidos, que incluso atraviesan la puerta. Todavía cuesta más despertarla y es mucho más lenta para vestirse que Charlotte, y eso no calma precisamente nuestras locas risas.

Empezamos por buscar a Ahmed en Les Fontaines y abrimos todas las puertas y no hay nadie.

—No es posible —dice Rosy—. ¿Dónde ha podido meterse esa criatura?

Se vuelve hacia nosotros con el dedo apuntándonos como un dardo, «supongo que no lo habréis escondido en un armario, ¿verdad?».

—No habríamos despertado a Charlotte —dice Simon.

—Ah, pero ¿es que...? —empieza Charlotte.

—Sí, bueno, ya te lo explicaré —la corta Rosy—. Pero ¿cómo ha podido salir por la puerta? Siempre está cerrada con llave.

—Ha salido por ahí —digo señalando la ventana abierta de par en par, y nos precipitamos fuera.

—Dios mío —gime Rosy—. Si Ahmed se ha ido al bosque habrá que avisar a la policía.

—Me sorprendería mucho —digo—. Siempre tiene miedo de caer en un charco o de que las ramas de los árboles se cierren sobre él como en la película.

—¿Qué película? —pregunta Charlotte.

—¡Oh!, es solo una cosa que vimos un lunes en que nos equivocamos de botón del mando a distancia y... ¡Ay! —exclamo porque Rosy me está tirando de la oreja.

—Eso me pasa por dejaros solos con los dibujos animados, me servirá de lección. Dónde se habrá metido ese crío... ¡Ah, veo algo allí, a la orilla del agua! Démonos prisa.

Pero Rosy se equivoca. Es solo un grueso leño y, por mucho que miramos por todas partes, no encontramos a Ahmed.

—No creo que se le haya ocurrido caminar por la orilla —dice Simon—. Le tiene demasiado miedo al agua. En mi opinión, está en la carretera.

Y henos aquí por la carretera completamente a oscuras con la linterna de Charlotte, que apenas ilumina nuestros pies, y eso cuando le da la gana de encenderse, y no nos sentimos muy tranquilos. Al menos, en la orilla del agua la luna nos servía de linterna, pero allí está «negro como boca de lobo», como dice Simon. Pasamos por debajo del puente, tal como hacemos con el autocar cuando vamos al colegio.

—No lo encontraremos —gime Rosy—. Haríamos mejor en volver y llamar a la policía. Estamos perdiendo tiempo. Es peligroso caminar por aquí, los coches pueden atropellarnos.

Nadie responde. Estamos demasiado ocupados vigilando dónde ponemos los pies, no es cuestión de encontrarnos en medio de la carretera, o de resbalar, con la cuneta llena de ortigas.

–¡Cuidado! –grita Charlotte–. ¡Un coche! Niños, salíos al arcén.

Como si tuviéramos ganas de que nos atropellaran...

El coche pasa por delante de nosotros y Simon me taladra los oídos, «¡allí, mirad, los faros iluminan a Ahmed!».

Y es desde luego Ahmed, en pijama y llevándonos una buena delantera. Como no nos ha visto ni oído y camina despacio, no tardamos en atraparlo. Se vuelve en el último momento y trata de correr con el conejito de peluche en la mano, pero Charlotte es más rápida y lo levanta en brazos como si nada. Ahmed se debate y el conejo se le escapa de las manos y tiende los brazos para recuperarlo.

–Toma –dice Simon tras recoger el peluche.

–¿Adónde ibas, criatura? –dice Rosy acariciándole la cabeza.

–Lejos de aquí, no quiero ver al señor que vuelve el sábado.

–Es su padre –aclara Rosy a Charlotte.

Volvemos a Les Fontaines en medio de la noche y el silencio.

Solo se oye lloriquear a Ahmed, que teme ser castigado.

–No, mi cielo –dice Rosy–, nadie va a castigarte, pero no se te ocurra volver a marcharte en plena noche. Podría haberte pasado cualquier cosa si no te hubiéramos encontrado.

–No quería que te preocuparas –solloza Ahmed–. Estaba a punto de volver y me senté en la carretera para pensar, pero temí ser castigado, así que volví a ponerme en marcha.

–¿Y sabías adónde ir? –pregunta Charlotte.

—Sí, quería encontrar al maestro. El señor Paul es muy bueno conmigo. A veces, en el recreo, hablamos de ese señor, y dice que no estoy obligado a irme a América si no quiero.

—¿Y sabes dónde vive? —pregunta Charlotte.

—Sí, fui a su casa el sábado, antes de que ese señor viniera a verme.

—Es lejos de aquí, cielo —dice Rosy.

—Ah, bueno —responde Ahmed—, entonces habría esperado a que se hiciera de día y habría pedido a un coche que me llevara a casa del señor Paul.

—¡Con todos esos ladrones de niños, Dios mío! —grita Rosy—. Pero ¿qué tienes en la cabeza, un guisante?

—¡Oh, no! No me gustan los guisantes —lloriquea Ahmed—. A veces todo se mezcla un poco aquí dentro.

Y se señala la cabeza con el dedo.

Simon dice «no estoy muy seguro de que el conejito esté de acuerdo en que intentes otra vez lanzarte a la carretera».

—¿Tú crees? —pregunta Ahmed—. Pero el conejito no ha dicho nada.

—Claro que no ha dicho nada, los peluches no hablan. Pero se ve en sus ojos que no está contento.

—Ah, bueno —dice Ahmed, con la vista nublada por sus lagrimitas.

—¿A que tengo razón, Rosy?

—Sí, Simon, es verdad que pone unos ojos muy raros este conejito.

Y yo miro al conejo y solo veo canicas de vidrio y suciedad por todas partes. Habría que meter este peluche en la lavadora.

Rosy saca sus llaves y nos hace pasar delante de ella. Charlotte enciende la luz del vestíbulo. Ahmed estrecha el peluche contra su pecho. Simon bosteza y yo también.

Mañana por la mañana tendré que contárselo todo a Camille.

Rosy y Charlotte nos acompañan hasta la habitación y nos desvestimos, excepto Ahmed, que ya está en pijama. Nos dan un gran abrazo, el de Ahmed más especial, me parece.

Tiendo el brazo para apagar la luz, cuando Ahmed dice «eh, Rosy, ¿me cantas tu nana?».

Cuento con los dedos los días que me separan de mis diez años. Cae en sábado y Camille y yo estaremos en casa de Raymond.

Vigilo a Camille, que se hace la misteriosa, sobre todo desde que fue al pueblo con Charlotte.

Ese día la señora Colette me retuvo en su despacho con sus dibujos en tinta negra y no pude salir cuando el coche rojo de Charlotte frenó en seco en la gravilla de Les Fontaines.

Y yo me hago el tonto, «¿en qué consiste mi regalo?», y Camille me mira como si fuera mudo, «ven, vamos al columpio», entonces la cojo de la mano y le repito al oído «¿en qué consiste mi regalo?», y ella me responde «ah, ¿te duele la espalda?, bueno, peor para el columpio» y se pone a bailar como si la hubiera picado una avispa. Lo intento con Charlotte, que me dice «no sé de qué hablas» como si me hubiera equivocado contando con los dedos o no las hubiera visto marcharse en el coche rojo.

Entonces me pongo un poco de morros, porque me digo que nadie parece darse cuenta de que voy a ser más viejo el sábado.

Incluso Simon, a quien se lo he contado todo, me dice «un cumpleaños no es gran cosa, apenas una velita más en la tarta, y a veces no hay regalo porque los mayores tienen otras cosas en la cabeza, el perro está enfermo y hay que pincharlo, o la abuela, o yo qué sé», y yo no veo la relación entre mis diez años y la abuela a la que hay que pinchar, y Simon añade «harías mejor en repasar las reglas del plural, has puesto una "s" en "perdiz", y el plural es "perdices"», pero yo estoy harto de los deberes, prefiero poner una «s» en «regalo», y por poner «perdizs» no creo que se acabe el mundo.

—No lo entiendo —le digo a Simon—. Cuando celebramos el cumpleaños de Jujube o de Alice, hacemos el dibujo una semana antes y lo pegamos en la cocina y nos vamos al pueblo a comprar toneladas de galletas para Jujube o collares para Alice, y yo nada, ni un dibujo, y todo el mundo actúa como si me fuera a quedar con mis nueve años toda la vida.

—¿Tu cumpleaños es el sábado? —pregunta Simon.

Le detesto.

—Sí —respondo un poco enfadado.

—Bueno, pues ya está.

—¿Ya está qué?

—El sábado no habrá nadie aquí, tú te vas con Camille a casa de tu gendarme y nosotros nos vamos a París.

—¿Para hacer qué?

—Vamos a ver esqueletos en el museo.

—Vaya chorrada de excursión —digo con envidia.

—Sí, es una chorrada —responde Simon, y mira su libro de texto como si fuera una hamburguesa con patatas fritas.

—Yo no quiero ir a ver los esqueletos —replica Ahmed—, Simon me ha dicho que a veces se divierten dando miedo.

—Simon dice tonterías. Los esqueletos no tienen bastante fuerza para darte miedo porque están muertos.

184

—¿Estás seguro? —pregunta Ahmed.

—No.

Y finjo ser un esqueleto agitando flojamente los brazos y me precipito sobre Ahmed, que chilla antes de esconderse bajo la sábana.

—¡Icare! —grita Charlotte con una regla en la mano—, ¿es así como haces los deberes?

Las personas mayores nunca avisan antes de entrar en la habitación. La verdad es que podrían llamar a la puerta o, qué sé yo, caminar con zapatos de cascabeles, así tendríamos tiempo de añadir una «s» al final de las palabras.

—«Perdizs», vaya, vaya —dice golpeando el libro con su regla como si fuera culpa suya—. Todas las palabras en «z» hacen el plural en «ces», te lo he dicho ya varias veces, Calabacín, y me sorprendería que el señor Paul no lo haya hecho antes que yo.

—El señor Paul no golpea el libro con su regla —digo.

—¿Preferirías tus dedos, quizá?

—Esto…, no. ¿En «regalo» sí se pone una «s» o le dan un pinchazo a la abuela?

—¿A qué viene eso de la abuela? ¿Qué tiene que ver una abuela con la ortografía? A veces no te entiendo… Pero sí, «regalo» hace el plural en «s».

—En la gramática puede ser, en la vida me sorprendería —digo un tanto picado.

—¡Oh, hay que ver cómo refunfuña este muchachito cuando se le hace una observación!

—A partir del sábado ya no seré un muchachito —digo contento de mí mismo.

—Pues bien, de aquí a entonces copiarás cien veces la palabra «regalo» sin olvidar la «s» al final. En cuanto a vosotros, niños, id a jugar fuera. Y Ahmed, hazme el favor, sal de debajo de la sábana, no es ahí donde aprenderás el plural.

Y ya está, estoy castigado y copio «regalos» cien veces en mi cuaderno mientras mis amigos juegan fuera, y en ningún caso tendré esa cantidad de regalos el sábado y tal vez incluso Raymond se olvide de la tarta y la velita de más, a causa de su abuela a la que hay que pinchar, y no es justo.

Estoy en el despacho de la señora Papineau, que finge leer un informe.

De vez en cuando me mira y sonríe.

Raymond está al teléfono.

—Entonces, ¿estás contento de venir a verme el sábado?

—Sí. Dime, Raymond, ¿tienes una abuela?

—¿Una abuela? No, por desgracia, pequeño, está en el cielo. Es curioso que me preguntes eso, porque la abuela de Víctor viene a pasar una semana con nosotros. Es un poco sorda, ¿sabes?, hay que hablarle fuerte al oído.

—¿Y la vais a pinchar por eso?

—¿Pincharla? No es un perro, pequeño. ¿Dónde has oído una cosa semejante?

—Simon dice que las personas mayores olvidan los cumpleaños a causa de los perros y de las abuelas a las que hay que pinchar.

—Simon tiene demasiada imaginación, pequeño, y las personas mayores no olvidan los cumpleaños, sobre todo cuando se trata de sus hijos. Confía en mí.

—Pero yo no soy tu hijo. Tu hijo es Víctor. Entonces, ¿también tú me olvidarás?

—Para mí y para Víctor es como si tú también fueras hijo mío, y no estoy dispuesto a olvidarte, muy al contrario. Hablaremos de ello el sábado. ¿Me pasas ahora a la señora Papineau, pequeño?

—Geneviève, es para ti —digo, y le doy el teléfono y me voy deprisa como si fuera a jugar con mis amigos.

Es solo una treta de sioux.

Me quedo detrás de la puerta y solo oigo a la directora. Dice:

—Sí.

»¿Cómo está usted?

»Bien, gracias.

»El señor Clerget propone una entrevista el lunes, a las diecisiete horas.

»Sí, desde luego, allí estará.

»En su despacho.

»Bien.

»Estoy segura de que estará en la gloria.

»Hasta la vista, Raymond.

»Sí, desde luego, a última hora de la mañana, creo.

Me pregunto quién estará en la gloria y por qué Raymond y la señora Papineau han fijado una cita con el juez.

La verdad es que el señor Clerget no se parece a los jueces de las películas. No tiene ni martillo ni aspecto severo, y no envía a nadie a la cárcel, dado que solo se ocupa de los niños.

A mí me da un poco de miedo, sobre todo cuando está enfadado. Aunque solo fuera por lo de la bruja, no me gustaría que me gritase de esa manera. Con los niños de Les Fontaines habla en un tono meloso, como si fuéramos a rompernos, así que se lo contamos todo, y a veces vuelve sobre una frase o una palabra y sus «¿por qué?» se clavan en nosotros como agujas, y solo a Boris y Antoine eso no les hace daño. Boris dice que su apellido significa «al servicio de la iglesia», y es verdad que el señor Clerget tiene algo del buen Dios. Decide el tiempo que vamos a permanecer aquí y puede enviar a Ahmed a América o prohibir a la mamá de Béatrice que vuelva o meternos en otra parte si hacemos grandes trastadas. A veces estamos merendando o jugando y la señora Colette viene a buscarnos porque el juez quiere hablar con nosotros, y ya nadie tiene ganas de merendar o de jugar y esperamos supertristes a que el culpable regrese, como si tuviéramos miedo de no volver a verle nunca. Sé que el juez nos escucha y no hará nada contra nosotros. Salvo si piensa que es «por nuestro bien».

Y me pregunto por qué las personas mayores tienen que decidirlo todo por nosotros. Rosy dice que el juez no enviará a Ahmed a América si Ahmed no quiere. Y no ha hablado del revólver de la mamá de Béatrice, y Béatrice tampoco, porque quiere demasiado a su mamá para no volver a verla jamás. Aunque el señor Clerget la trató como si fuera a romperse, Béatrice se contentó con chuparse el pulgar cuando los «¿por qué?» del juez le hacían daño, y el señor Clerget se quedó «a dos velas», como dice Simon, que también salió bien librado.

Al despertar, mi puño se cierra, y es normal, estamos a sábado, ya no tengo que contar los días que me separan de mi cumpleaños.

Ya está, ya tengo diez años y no cambia nada y me siento decepcionado.

Nadie me habla de ello, ni Simon, ni Ahmed, ni Rosy, ni siquiera Camille, y eso me habría hecho llorar si Ferdinand, el cocinero, no me hubiera susurrado al oído «según parece, hoy es tu cumpleaños».

—¿Cómo lo sabes? —pregunto.

—Es mi dedo meñique. Me lo ha contado todo.

—Dices tonterías, un dedo meñique no habla.

Ferdinand se echa a reír, «pero todo el mundo sabe, querido Calabacín, que es tu cumpleaños. Toma, es para ti, pero no digas nada a nadie».

Y saca un pastelito muy pequeño de chocolate en forma de corazón, que me zampo de un bocado.

—¿Y por qué no debo decir nada? —digo lamiéndome los labios.

—Ya lo verás. Mi mujer y mis hijos me esperan. Hasta el lunes, Calabacín.

Y Ferdinand el cocinero me besa y se va en su furgoneta y me pregunto por qué miente.

Todos sabemos que Ferdinand no tiene mujer ni hijos, aparte de nosotros.

Luego, el autocar se llena de amigos y con envidia los veo marchar. Los esqueletos deben de ser muy guay, y no es en casa de Raymond donde jugaremos con ellos, aunque estoy contento de volver a ver al gendarme y su hijo. Me resulta curioso que todos los ducadores suban al autobús, sobre todo por Rosy, que por lo general el sábado descansa en su habitación. Normalmente, cuando visitamos un parque o un bosque o un museo, solo nos acompaña un ducador si no viene el maestro. Los otros ducadores se quedan en su casa para «haraganear hasta tarde, atracarse de tele y ponerse como un cerdo de hamburguesas y cerveza», me dijo Michel el barbudo.

—No me sorprende que lo llamen «ponerse como un cerdo», con todas esas marranadas —me dijo Rosy, que lo había oído todo.

Y desde entonces Jujube reclama «ponerse como un cerdo» y no está contento de que lo dejen dormir y que todas esas cosas ricas se le escapen, aunque sus sueños estén llenos de ellas.

Empiezo a creer que el gendarme nos ha olvidado a Camille y a mí, cuando el coche de borla azul aparece.

Estábamos columpiándonos por el aire, y casi solos, aparte de la secretaria de la señora Papineau, que nos miraba por la ventana y de vez en cuando nos gritaba «¡cuidado, no tan alto, niños, acabaréis por romperos una pierna!», como si solo quisiésemos eso.

Además, ¿qué hace allí un sábado, si no es para vigilarnos? Como si no supiéramos comportarnos sin personas mayores cerca y fuéramos a desplumar a los pavos reales o a jugar con el burro malo o a invadir la cocina de Ferdinand para hacer batallas de harina y plantar el culo en las placas ardientes.

—Lo siento, niños —dice Raymond.

—¿Vamos a misa? —pregunto saltando del columpio.

—Pues no, pequeño, ¿por qué?

—Vas vestido como para ir a misa.

—Ah, eso... ¿Y no estoy guapo?

—Ya lo creo —dice Camille saltando a sus brazos—. ¿Se lo decimos?

—¿Si me decís qué?

190

—Nada, pequeño. Ah, por cierto, feliz cumpleaños, querido Calabacín.

—Ah, ¿era eso lo que no tenías que decirme?

Y me siento un poco decepcionado, como si esperase cientos de regalos.

Circulamos a lo largo del río, cuando pregunto «¿y Víctor por qué no ha venido contigo?».

—Se ha quedado con su abuela.

—¿La señora sorda a quien hay que gritar al oído? —grito al oído de Raymond.

—Cuidado, pequeño, estoy conduciendo.

—Vale, no diré nada más.

Y me enfurruño.

—Ya no se te oye —dice Raymond.

—No, refunfuña —dice Camille, y me hace cosquillas y eso me hace soltar la carcajada.

Delante de la casa de Raymond, Camille me dice que cierre los ojos.

—¿Por qué? —pregunto. Y cierro los ojos. Es difícil resistirse a Camille.

—Ya lo verás. Voy a ponerte una venda en los ojos, así, ya está. No tienes más que darme la mano y te diré por dónde has de caminar para no caerte.

Bajo del coche ayudado por Camille.

—¡Alto! Cuidado, tienes que subir unos escalones.

Y levanto los pies para entrar en la casa y la atravieso lentamente hasta el jardín, siempre con mi ángel que me lleva de la mano. Pese a todo me golpeo contra un mueble.

—¡Ay!

—No te he dicho que fueras a la izquierda. Mantente recto.

–No todos los días camino con una venda en los ojos. ¿Y dónde está Raymond?

Y cuanto más avanzo, más cuchicheos y risas oigo.

–Ya casi has llegado. Un pasito más... ¡Alto! Ya está, ya puedes quitarte la venda.

Y entonces abro los ojos y los cierro enseguida.

Me siento tremendamente emocionado y no puedo impedir que me salten las lágrimas.

Camille me suelta la mano y me quedo solo delante de mi regalo, y es el regalo más hermoso de toda mi vida.

Así que no voy a estropear ese regalo.

Aprieto los puños y me seco los ojos y luego los miro y entonces todos cantan «¡feliz cumpleaños, Calabacín!».

Todos están allí.

Hasta Ferdinand el cocinero.

Incluso el juez con la señora Papineau.

Y todos mis amigos y los ducadores, que no se han ido a ver los esqueletos.

Y el señor Paul con la señora Colette.

E Yvonne la enfermera con Gérard el chófer.

Y Víctor que sujeta la mano de Camille.

Y Raymond que desaparece detrás de la tarta más grande que jamás he visto.

Es el corazón de chocolate más enorme que se pueda imaginar, y dan ganas de hincarle el diente.

Y eso no es todo.

Hay montones de paquetes con montones de lazos y de globos alrededor.

Y en una silla de ruedas, en el centro de mi gran familia, una señora menuda de ojos azules y sonrientes, y no conozco a esa señora, aunque tengo grandes sospechas de que se trata de la abuela de Víctor, pero no sé si son sus ojos azules y sonrientes, o los brazos que tiende hacia mí, pero me refugio en ellos y la beso en la mejilla, y siento que sus brazos se cierran en torno a mí y veo los globos emprender el vuelo y tengo la impresión de que si me despego de la señora de los ojos azules también yo emprenderé el vuelo.

Las personas muy mayores se parecen a los niños, salvo por la edad y los dientes, que se sacan por la noche y dejan en un vaso con agua.

Hacen tantas trastadas como nosotros, y comen igual de mal.

Simon también dice que la edad es como una goma y que los niños y las personas muy viejas tiran de ella cada uno de un extremo y acaba por romperse, y siempre son los más viejos los que reciben la goma en la cara y después se mueren.

La señora de los ojos azules se llama Antoinette y Víctor tiene mucha suerte.

Cuando yo era pequeño, mi abuela ya estaba en el cielo tricotando jerséis a los ángeles.

Solamente la vi en una foto. Todo el mundo mira el pajarito que va a salir menos mi abuela, que tricota un jersey. Y no tiene tiempo de acabarlo en la tierra: sufre «una crisis del corazón» y muere justo después de la foto.

Antoinette solo tricota sus frases, y le cuesta terminarlas. No es culpa suya, es sorda como una tapia, aunque le grites al oído. A veces se diría que lo hace adrede y que le va muy bien no oír nada. Y sabe leer en los labios como nosotros. Tiene la piel tan amarilla como una tarta de ciruelas. Sus cabellos son blancos, y tiro de ellos para ver si son falsos y Antoinette grita y le pido perdón. No habla mucho, pero mira a la gente como si pasara a su través. Siempre canta una cancioncilla y ni siquiera sabe ya qué es.

Dice «una canción más vieja que yo».

Vive en una casa un poco como Les Fontaines, solo que los ducadores son enfermeros, y los niños, personas tan viejas como ella. A eso se le llama «residencia de ancianos».

Dice «de todas formas, hace mucho tiempo que me retiré de todo, y no esperé a residir con ancianos para eso. Ya verás, mi niño, el mundo es cruel y... ¿Qué estaba diciendo?».

Y canturrea.

Todos los niños de Les Fontaines quieren jugar con Antoinette, y está claro que a ella le gusta hacer trampas como a mí para ganar. Incluso refunfuña cuando pierde, y Raymond dice «¡a tu edad!», y ella lo mira como si fuera un monstruo. Juega a las canicas mejor que Simon. Y Simon es el mejor. Por el contrario, en el juego de la frase que se alarga no da pie con bola. No se acuerda de la palabra del de al lado y además inventa otra y mantiene que era «tomate» y no «laxante», y a veces decimos «okey, Antoinette», si no se pone de morros demasiado rato a causa de las palabras de Boris. En el parchís da la vuelta a los dados con las uñas y dice «no es cierto» cuando Jujube se pone acusica, en vista de que el ganador recibirá una porción mayor de tarta de chocolate.

No se cansa de hacernos mimos y todos pasamos por sus brazos excepto Jujube.

Dijo «pesas demasiado».

195

Y Jujube se vengó con un bote de mermelada que se comió con una cucharita, y después tenía angustia y se hizo el enfermo toda la tarde pese a la pastilla de Yvonne y nadie le creyó.

—¿Así que quieres mucho al grandullón de mi hijo? —me pregunta Antoinette al oído.

—Víctor no es tan grande —digo.

—No Víctor, me refiero a Raymond.

—Esto..., sí, pero no es su hijo.

—¿Qué hija?

—No es su hijo —le grito al oído.

—¡Ah! Es lo mismo. Perdí a mi hija, pero sigo teniendo un hijo y, sobre todo, un nieto, y soy afortunada.

—¿Y cómo es tu casa?

—¿Que parezco una pasa? Claro, hijo mío, es que soy muy vieja.

Y canturrea.

Le digo con los labios «pasa no, casa, con una "c" como corazón».

—Ah, eso. Grande y llena de viejos nada divertidos... Mmmmmm.

—¿Qué es esa canción?

—¿A la estación? ¿Es que se marcha alguien?

—Eres divertida.

—Sí, es todo lo que me queda. Hala, ve a jugar con aquella pequeña.

—¿Camille?

—Cuando seas mayor te casarás con ella.

—¿Cómo lo sabes?

—Los viejos ven mucho más lejos de lo que se cree.

Nos hemos tumbado en la hierba, Camille, Víctor, Alice, Béatrice y yo.

La señora Colette, Charlotte, Rosy, Yvonne y la señora Papineau beben vino tinto bajo la sombrilla.

Todos los demás juegan al fútbol con Raymond y el juez.

Yo no me atrevo a acercarme demasiado al señor Clerget, aunque la camisa se le haya salido del pantalón como la de Raymond y parezcan divertirse mucho. Con la suerte que tengo, enviaría el balón a su cara y después se vengaría y me metería en un hogar con barrotes en las ventanas y ya no podría tenderme en la hierba con mi pandilla.

Alice ha mantenido su promesa. Desde que Simon sigue en Les Fontaines se recoge el pelo con una goma y sus labios solo tiemblan si se le habla.

Béatrice sigue chupándose el pulgar y lleva montones de hierbecitas en el cabello. Se ha revolcado por ella riendo antes de ir a aspirar el aroma de las flores, con los brazos separados y echados hacia atrás como si tuviera miedo de tocarlas.

Víctor trata de silbar a través de una brizna de hierba muy apretada entre sus pulgares y suena como un «prut» y miramos a los adultos, que no nos miran, y nos partimos de risa.

—Vaya por Dios —dice Víctor—. El juez acaba de resbalar en la hierba y ha caído patas arriba.

—¿Cómo que patas arriba? —digo—. Ni que el juez fuera un caballo.

—Claro que no es un caballo, Calabacín. «Caer patas arriba» es una expresión. ¡A veces eres verdaderamente estúpido! Todavía más que el gordo ese, ¿cómo se llama?

—Jujube —dice Béatrice muerta de risa.

—¿Y dónde se ha metido? —pregunto.

—En mi cama, está enfermo —responde Víctor.

—¡Que te crees tú eso! Jujube siempre está fingiendo. Seguro que tenía ganas de probar tu cama, y la dejará llena de miguitas.

—Simon dice que sus padres vendrán pronto a verle a Les Fontaines —dice Camille.

—¿Cómo sabe eso Simon, sigue leyendo a hurtadillas los cuadernos?

—No; oyó una conversación en el despacho de la directora.

—¡Vaya con Simon! —digo—. ¿La mamá de Jujube no estaba en Perú?

—¿Dónde está Perú? —pregunta Alice.

—No lejos de Rusia —digo a ojímetro.

—De todas formas, con lo que están tardando, han tenido tiempo de dar cien veces la vuelta al mundo —dice Camille.

—¿Fueron a mi país, a la Martinica? —pregunta Béatrice.

—Seguramente —sonríe Camille.

—Pero Jujube nunca ha hablado de su papá —digo—. Y en la postal solo se ve la letra de su mamá.

—Los papás nunca escriben en las postales —dice Béatrice—. Siempre es la mamá quien escribe «papá y mamá te besan». El papá solo besa en las postales. En la vida real golpea a la mamá y encierra a las niñas en un armario.

—¿Ah, sí? —digo—. ¿Y con los niños qué hace, los asa en el horno?

—No lo sé, no tengo hermanos. Papá decía que ya tenía bastantes problemas así.

—A veces los papás son amables —dice Camille—. Como Raymond con Víctor.

—Pero no el papá de Jujube —digo—. Ha debido de olvidar que tenía un hijo.

—Y ahora se ha acordado —dice Víctor—. Por eso viene también.

—A mí no me gustaría que mis padres vinieran a verme —tiembla Alice—. Me iría antes de que llegasen y nadie volvería a encontrarme.

—¿Dónde están tus padres? —pregunto.

—No lo sé.

—¿Y cuándo fue la última vez que los viste?

—No lo sé.

—¡Déjala tranquila! —dice Camille—. ¿No ves que eso la hace temblar?

—¿Qué, tomando el sol? —dice Charlotte un poco achispada—. Cuidado con las insolaciones, hacen daño.

Y se tiende en la hierba y se queda dormida enseguida.

—Vuestra educadora está trompa —dice Víctor.

—Es muy guapa —dice Camille acariciándole los cabellos color zanahoria.

Ferdinand e Yvonne se marchan en busca de los pasteles. Rosy sirve zumo de naranja en los vasos. Simon hace el cernícalo. El juez se deja caer en una silla y suda como Raymond, con una gran mancha oscura bajo los brazos. Michel rehúsa el zumo y pregunta si no hay cerveza. Cabeza de Huevo bebe de la botella de agua sin respirar. La señora Papineau pide a Simon que se calme y Simon se calma. Antoinette sienta a Alice en sus rodillas. La señora Colette dice al maestro «prefiero el mar a la montaña», y es como si no hubiera dicho nada, porque el señor Paul mira a Charlotte y está muy claro que le traen sin cuidado el mar y la montaña, y a Charlotte también. Ella bosteza y la señora Papineau la mira con expresión severa.

—Perdón —dice Charlotte cuando sus miradas se cruzan, y se cubre la boca con la mano.

Boris y Antoine comparten el *walkman* cada uno con un auricular en un oído. Aplaudimos a Ferdinand e Yvonne que aparecen con los platos llenos de pasteles, seguidos de inmediato de Jujube, a quien el olor ha despertado. Camille quita las briznas de hierba de la cabeza de Béatrice. Las dos están sentadas en las rodillas de Gérard el chófer.

—¡Qué día tan bonito! —dice el juez.

—Coja otro pastel —dice Raymond.

—¿En qué año estamos? —pregunta Antoinette.

—En el de mis diez años —respondo.

Rosy ofrece otra vez zumo de naranja a Michel.

—No, gracias —dice Michel.

—Es mejor que la cerveza y no engorda tanto —dice Rosy hundiendo el dedo en la gran barriga del barbudo.

—Los sabores y los colores —dice Gérard mientras bebe una botella de cerveza.

—¡Simon! —dice el señor Paul—. Cuando la señora Papineau te pide que te calmes, no es para volver a empezar en cuanto haya vuelto la espalda.

—No ha vuelto la espalda.

—Simon, no repliques —dice la directora.

—No es educado no responder, señora Papineau.

—Yo tomaría muy gustosa otro poco de tarta —dice la señora Colette. Y no espera a nadie para servirse.

—Se diría que te encuentras mejor, ¿eh, Jujube? —dice Yvonne con una sonrisa.

—Mmmm —responde Jujube con la boca llena.

—Propongo que brindemos a la salud de Calabacín —propone Raymond.

—¡Pero si mi salud es buena!

Todo el mundo levanta, sin embargo, el vaso y algunos se derraman aquí y allá.

—A la salud de Calabacín. ¡Hip, hip, hurra!

Antoinette acaba de dormirse con la cabeza ladeada y pronto sus ronquidos hacen reír a todo el mundo y eso la despierta.

—¿Qué estaba diciendo...? Ah, sí, no es tomate, mi niño, sino laxante.

Y canturrea.

El gato entra en la cocina de Les Fontaines mientras Rosy está preparando la ensalada con Camille. Béatrice lo ve y lo llama, «misi, misi», y Rosy se vuelve y grita «ah, no, nada de sacos de pulgas aquí, hala, vete, gato», y lo ahuyenta con el cucharón de la ensalada y eso hace llorar a Béatrice.

—Vamos, vamos, cielo —dice Rosy—, no llores. Esos animales transmiten toda clase de enfermedades. Ni siquiera tenemos idea de dónde viene ese gato, y sabes muy bien que el reglamento prohíbe los animales.

—A mí no me importa el reglamento —dice Boris, y toma a Béatrice de la mano—. Ven, vamos a buscar al gato.

—¡Boris! ¡Béatrice! —se enfada Rosy—. Volved aquí inmediatamente.

Pero corren demasiado deprisa para Rosy, que se deja caer en una silla.

Se diría que los años hacen volar las páginas del calendario y que Rosy envejece sin ver pasar sus cumpleaños.

Camille me mira y en sus ojos leo «¿vamos?», y lo hacemos y Rosy ni siquiera intenta retenernos, y no tarda en quedarse sola en la cocina y nosotros, los niños, fuera buscando al gato.

–¡Allí! –grita Jujube señalándolo con el dedo sin acercarse.

El gato y el pavo real están muy asustados por haberse encontrado. El gato se yergue sobre sus patas, tiene el pelo erizado y los ojos no se apartan del pavo real, que da saltitos sin moverse del sitio.

Béatrice se acerca, «misi, misi», y misi la araña antes de huir a grandes saltos. Camille se lleva a Béatrice a la enfermería y nosotros nos apresuramos a perseguir al gato, que huye por el campo hacia el burro malvado.

–¡Gato, gato! –grita Alice–. ¡No vayas por ahí!

Pero el animalito es sordo, y pronto helo ahí cerca del burro, que masca hierba. Da vueltas a su alrededor y el burro lo vigila con un ojo sin darle la coz que ha herido a montones de niños. Todos nos mantenemos la tira de lejos, gritando «gato» o «misi», pero no hay nada que hacer, a él le da igual, se revuelca por la hierba bajo la gran boca del burro y tiende una pata para jugar y el burro lo empuja un poco con la cabeza y el gato sacude la suya antes de volver bajo las patas del burro, que deja de comer. Sacude la cabeza entre sus dos patas delanteras y lanza un «hi-hoo» que hace dar un respingo al gato.

Antoine se acerca al burro y lo acaricia. El burro hunde la cabeza en la hierba. Entonces nos acercamos todos y posamos nuestras manos en su piel gris, que pincha como la barba de Michel. El gato se desliza entre las piernas de Alice.

Alice lo recoge y el gato no se resiste.

La cabeza le cuelga del brazo de Alice y sus cuatro patas se estiran hacia el cielo.

–Ven, misi –dice Alice–. Vamos a darte leche.

El gato apoya las patas sobre el hombro de Alice, con el trasero bien asentado en sus manitas, y volvemos hacia Les

Fontaines, seguidos del burro, que lanza algunos «hi-hoo» por el camino, pronto detenido por la valla de madera bajo la cual nos colamos de nuevo.

—Hasta la vista —decimos sacudiendo las manos, y el burro tiende el cuello como si olfateara un plato de zanahorias y nos acompaña con sus ojos hasta el extremo de la avenida.

—No es tan malo —dice Jujube, que no se ha atrevido a acariciarlo.

—Los otros niños debieron de pellizcarlo —dice Simon—. O golpearlo con un palo, y por eso él se defendió.

—Rápido, o Rosy nos reñirá —lloriquea Ahmed.

Cuando aparecemos en la cocina, Béatrice está sentada a la mesa con una tirita en el brazo, con Rosy y Camille a su lado.

—No te enfades, Rosy —dice Boris—. Solo vamos a darle un poco de leche.

Antoine abre la nevera y el armarito y luego vierte un poco de leche en un bol.

—Al menos podrías cerrar las puertas —dice Rosy con un gesto de la mano.

—Iba a hacerlo —responde Antoine. Y empuja la puerta de la nevera con el culo.

—Todo cuanto digo es como hacer pipí en un violín —se lamenta Rosy—, os trae sin cuidado.

—¿Rosy hace pipí en un violín? —pregunta Ahmed.

—Claro que no, cretino, es una expresión —responde Boris.

—No es cierto que nos traiga sin cuidado, Rosy —digo—. Solo queríamos darle leche y caricias al gato.

—A Béatrice la ha arañado este sucio animal precisamente por eso —recuerda Rosy.

—No importa —dice Béatrice—. Y, además, el gato tenía miedo, estoy segura de que no quería hacerme daño, ¿verdad, gato?

El gato no escucha, bebe su leche.

—Ha jugado con el burro —se chiva Ahmed.

—¿Es que además habéis entrado en el prado del burro? —gime Rosy—. ¿Sois unos inconscientes o qué? Habríais podido recibir una coz. No quiero que volváis allí, ¿queda claro?

—El burro no es malo —dice Alice—. Lo hemos acariciado.

Rosy exclama «pero ¿qué le habré hecho yo al buen Dios para tener unos niños tan tontos? ¡El prado es peligroso!».

—En primer lugar, no somos tontos —digo—. Y si gritas es porque has pasado miedo por nosotros. Los adultos siempre estáis igual, gritándonos por razones equivocadas. Todos estamos aquí enteritos y el burro se ha dejado acariciar sin causarnos daño. El buen Dios lo sabe muy bien porque lo ve todo. Solo tienes que preguntarle, ya lo verás.

—No os grito por razones equivocadas. Os quiero y no me agrada veros correr ningún peligro. El año pasado la pequeña Françoise no tuvo suerte en el prado.

—Quizá no fue amable con el burro —dice Simon.

—Amable o no, se pasó varias semanas en el hospital —dice Rosy—. ¡Ese animal es peligroso, creedme!

—¿Comemos? —dice Jujube.

—Imagina, Rosy, que esa niña te pellizca o te da un bastonazo. ¿Acaso no te defenderías?

—Sí, pero no pisoteándola, Simon.

—El burro no puede privarla de postre ni pedirle que limpie la barandilla —insiste Simon.

—¡Tengo hambre! —grita Jujube.

—Se la ha bebido toda —dice Alice acariciando al gato.

—Os digo que ese prado está prohibido, y os guste o no, si alguno de vosotros vuelve allí, ¡tendrá que vérselas conmigo!

—Entonces ven con nosotros la próxima vez —dice Simon—. Y verás como el burro no es malo.

—No habrá próxima vez.

—No aguanto más... —gruñe Jujube. Y se lanza sobre el pan como si no hubiera comido nada desde hace años.

—No sé —dice Simon—, ven con Gérard, Michel y Cabeza de Huevo, o con quien te apetezca. Si nos quieres, hazlo. ¡Venga, Rosy!

Todos gritamos «¡venga, Rosy!».

—Bueno, mañana veremos. A la mesa o no os quedará pan, ¿verdad, Jujube?

—¿Qué? —dice Jujube con la boca abierta, y da asco mirar dentro.

Al día siguiente, Rosy nos acompaña al prado con Michel, Gérard, Charlotte y Cabeza de Huevo, que repite por segunda vez «¿de verdad hace falta que venga? Tengo trabajo».

—Nos tienes hartos —suelta el barbudo.

—Sí, nos tienes hartos —repite Ahmed, y eso hace reír a todo el mundo, excepto a Cabeza de Huevo, que se encierra en su cascarón.

—En cualquier caso, ni hablar de abrir la valla —recuerda Charlotte—. ¿De acuerdo, niños?

—De acuerdo —decimos.

De todas formas, no tenemos necesidad de abrir la barrera. No hay más que pasar por debajo, pero eso nos lo callamos.

El gato ya no nos abandona y se escurre entre nuestras piernas.

Sigue sin tener nombre aparte de «gato» o «misi». Y se diría que nos comprende. Sobre todo cuando comemos.

Esa noche durmió en una cesta en la cocina y durante el desayuno no olía bien a causa de «sus necesidades naturales», como dice el barbudo. Rosy envió a Gérard al pueblo y él regresó con una caja para las cagarrutas. Hemos de cambiar la tierra todos los días, y es Boris quien lo hace al volver del colegio.

—¡Puaj! —dice tapándose la nariz.

Nos lo habríamos llevado gustosos a la clase del señor Paul, pero Rosy no quiso y nosotros no insistimos porque añadió «si no devolveré ese saco de pulgas a la naturaleza».

A veces es preciso hacer lo que nos piden las personas mayores, pero se trata tan solo de una treta de sioux. Hacemos como si estuviéramos de acuerdo, pero eso no nos impedirá suplicarle cuando esté de superbuén humor. Y además, si alguna vez suelta al gato en la naturaleza, me sorprendería que no volviese en busca de la leche, el queso y los pequeños ositos de chocolate que engulle lamiéndose la boca.

Estamos todos detrás de la barrera, solo que los niños no vemos gran cosa, aparte de mí, que le saco a todo el mundo una cabeza.

El burro nos mira meciendo su pequeña cola.

Yo ya no sé qué pensar de las colas que se mueven, porque Charlotte me dijo que, «contrariamente a los perros, el gato mueve la cola cuando está enfadado».

—¿Está contento de vernos? —pregunto a Charlotte.

—Puede ser, o bien espanta las moscas.

Rosy saca las zanahorias de la bolsa de plástico y las tira en el prado. El burro las olfatea antes de comérselas. Balancea la cabeza muy contento y pronto no queda una sola zanahoria en el prado, y el burro viene a ver a Rosy y resopla en la bolsa de plástico y Rosy da un salto atrás.

—No tengas miedo —dice Boris—. Solo quería saber si tenías más zanahorias.

Y nosotros no decimos que fuimos a robar esa mañana en la reserva de verduras, aunque las de Jujube se le salen del bolsillo. Antoine se escurre el primero por debajo de la valla.

—¡Antoine! ¡Vuelve aquí inmediatamente! —gritan Charlotte y Rosy, mientras que Michel y Gérard saltan por encima de la valla.

El burro retrocede un poco.

Antoine sujeta la zanahoria en una mano y avanza hacia el burro.

Rosy trata de pasar por encima de la valla, pero como no hace suficiente gimnasia nos hace reír a todos al resbalar y caerse.

Charlotte, con un salto rápido, se reúne con Gérard.

Y Gérard la sujeta con una mano, «déjale hacer. Mira».

El burro hunde su gran boca en la mano de Antoine y luego solo queda la mano vacía.

Nosotros aprovechamos para colarnos por debajo de la valla, y Rosy no puede detener todas esas piernecitas que se le escapan, salvo las de Jujube, que debido al tamaño son más fáciles de atrapar. El burro ya no sabe adónde dirigir la cabeza con todas aquellas zanahorias, pero no tarda en comérselas todas y no hace daño a nadie y se va bajo la sombra de un árbol. Alice toma al gato en sus brazos, pero de pronto el gato salta y cae sobre sus patas y corre a encontrarse con su amigo el burro.

—¡Misi! —grita Alice, pero el gato no oye nada, se ha acostado contra el burro y Rosy dice que volvamos a Les Fontaines.

—El gato vendrá a vernos cuando tenga hambre. No te preocupes, cariño.

—¿Lo ves? —dice Simon a Rosy—. El burro no es malo.

—No, tienes razón. Pero de todas formas no me siento tranquila.

—No te preocupes, estamos aquí —dice Simon deslizando su mano en la de Rosy.

—El león se lo zamparía de un bocado —dice Charlotte.

El gato no ha oído nada y trata de atrapar el rayo de sol con la pata.

Nosotros estamos contentos de ir al circo y no contentos de abandonar al gato.

—¿Y si le ponemos una correa? —dice Boris.

—No tenemos más que ocultarlo en tu bolsa de viaje —digo.

—No, los animales tienen un olfato muy desarrollado. El gato se sentiría muy desgraciado con la correa al cuello o en la bolsa al respirar el olor de las fieras. Y los animales del circo se pondrían como locos al oler al gato. El circo es para los niños, no para los gatos. Y no intentéis una de vuestras tretas de sioux, eso conmigo no funciona. ¿No es así, Calabacín?

—Yo no he hecho nada.

—Mejor, más vale así.

Al menos le hacemos una caricia al gato, que no se inmuta. Se va a jugar con su rayo de sol, y cuando salimos ni siquiera le vemos.

En el parque hay un gran coche blanco, y delante, una señora muy endomingada fuma un cigarrillo. Le da golpecitos con el dedo para hacer caer la ceniza y lo hace con demasiada frecuencia, así que es el extremo encendido lo que cae y la señora ya no tiene nada para fumar excepto el aire puro de Les Fontaines. Tengo el tiempo justo de divisar a un señor al volante, cuando Charlotte me llama.

Subo al autocar y me dirijo hacia el fondo y me cuesta encontrar un sitio. Todos mis compañeros están hincados en los asientos y miran el gran coche blanco, excepto Jujube, que no está allí.

—¿Por qué va vestida así esa señora? —pregunta Ahmed.

—Va a misa —respondo.

—Nada de eso, Calabacín —dice Simon—. Hoy es sábado, y el sábado es un día en que el buen Dios descansa. La señora viene con nosotros al circo.

—Pues le dará miedo al león con su perfume —dice Béatrice—. Si los animales tienen un olfato tan desarrollado, estamos arreglados.

—¿Quién es? —pregunto.

—Es la mamá de Jujube —responde Simon.

—A mí me parece que tiene suerte por tener una mamá tan guapa, y además el coche no es ninguna porquería. ¡Un Mercedes! Tienen guita los padres de Jujube.

—¿Qué es guita? —pregunto a Simon.

—¡Calabacín! A veces, verdaderamente, se diría que lo haces adrede. Guita es lo que ninguno de nosotros tenemos aquí. Dinero, vaya, tanto que no sabrías qué hacer con él.

—Yo sí sabría qué hacer con él —dice Béatrice—. Iría a ver a mamá y nos iríamos lejos de papá.

—¿Se pueden comprar muchos peluches con la guita de esa señora? —pregunta Ahmed.

—Sí, suficientes para esconderte debajo de una montaña de peluches —responde Simon.

—Yo me iría para siempre con mi hermano a la orilla del mar. ¿Verdad, Boris?

—No sé, ya estuvimos cuando éramos pequeños.

—Ahora ya no sería lo mismo.

—Quizá, pero qué importa si no tenemos la guita.

—¡Niños! —grita Charlotte—. Sentaos correctamente.

Gérard pone una casete y Sheila canta *L'école est finie*.

Si fuera cierto que el colegio acabó...

Voy sentado al lado de Camille.

Mira el paisaje por la ventanilla como si estuviera dentro.

—¿En qué piensas?

—En los niños que tienen padres de verdad y que están con ellos en este momento.

Y me mira y prefería cuando estaba sumida en el paisaje.

—No importa si son verdaderos o falsos, Camille. Lo que cuenta es ser querido, ¿no?

—No es lo mismo.

—A veces sueño que estoy todavía con mamá. No he registrado en su cajón, no he jugado con el revólver. Ella sigue hablándole a la tele y yo estoy solo. Puedo jugar a las canicas con el gordo Marcel o con Grégory y puedo envidiar al hijo del vecino, que habla con los cerdos. Pero no dura mucho tiempo y no sé qué hacer cuando estoy en casa. Un día soy mayor y voy a trabajar a la fábrica, y cuando vuelvo es para servir cervezas a mamá, y vemos la tele hasta tarde por la noche y ya no dormimos en nuestras camas, sino en los sofás. Y al despertarme me siento muy contento de saber que un día hurgué en sus cajones.

—Yo no sueño, Calabacín. Y sé muy bien que si papá se iba a menudo de viaje era a causa de las peleas que había en casa... Mamá se ocupaba con sus agujas y con los corazones que había que remendar porque no sabía muy bien cómo decir «te quiero». De todas formas era mi mamá, y yo tenía un papá, y también una casa, con mi propia habitación, y cuando bajaba la escalera para tomar el desayuno era mi escalera, y cuando me tomaba el chocolate era en mi taza preferida, con pequeñas orejas verdes y mi nombre escrito en ella, y pienso que es lo mismo para todos los niños que viven aquí. Aunque sus padres se peguen o los aten al radiador, aunque estén en la cárcel o intenten dejar la bebida o algo peor, están en su casa y son sus padres y siempre es mejor que en Les Fontaines.

—No puedes decir eso así como así, Camille. Aquí lo tenemos todo. En nuestra casa solo comíamos pasta con kétchup o patatas o carne picada o paté. Ni siquiera sabíamos que existían las espinacas. Vamos a la piscina, jugamos al fútbol, aprendemos a esquiar y los ducadores se ocupan bien de nosotros. Al menos somos más felices, y yo te tengo a ti, y tengo a Simon y a todos los demás.

—Tú lo ves todo iluminado por el sol. A veces te envidio. No puedo borrar a la bruja así como así, y, además, un día Simon y todos tus amigos crecerán y se marcharán y no volverás a verlos. Tal vez incluso me pierdas a mí también.

—No, no te perderé jamás. Antoinette dijo que me casaría contigo. Y además Raymond está ahí. Nunca permitirá que nadie nos haga daño, y sabe que no puedo ir a su casa sin ti y te quiere como yo, igual que Víctor, y la vida con sol es mejor que con tormenta.

Camille me agarra la mano y la aprieta muy fuerte.

—Cuando estoy contigo tengo menos miedo.

—Siempre estarás conmigo, no te preocupes.

Raymond, Antoinette y Víctor nos esperan a la entrada del circo y yo me siento superorgulloso cuando Raymond me pregunta si quiero empujar la silla de Antoinette.

—Un verdadero pequeño campeón lleno de músculos —dice Antoinette, que me ayuda pese a todo a dirigirme, y Raymond también, sobre todo cuando hay que bajar la silla por las escaleras. Afortunadamente, de lo contrario la habría soltado, aunque sea un verdadero pequeño campeón lleno de músculos.

La verdad es que todas esas escaleras no son nada prácticas cuando uno no puede servirse ya de sus piernas.

Todos estamos sentados en la primera fila bajo la gran carpa, incluso Antoinette en su propia silla.

Jujube está encajado entre sus padres, con las dos manos secuestradas. Eso debe de ser un estorbo para tomarse las galletas.

Su mamá lo llama Julien y nos suena muy raro: hemos acabado por olvidar su nombre de pila.

Su papá se afloja la corbata y se desabrocha el botón de la camisa. Tiene la cara tostada por el sol y su mamá también, y se diría que se sienten muy dichosos de estar con Jujube: se lo comen con los ojos todo el rato. Jujube, por su parte, se ha hundido en su asiento y está de morros. Ha retirado a la fuerza la mano de su papá para hacer desaparecer la suya en un bolsillo. Saca una galleta y toda su cara se ilumina, y sonríe incluso a sus padres, pero sus galletas son solo para él.

Ese es Jujube, no hay duda.

Y además, de todas formas, sus padres son muy delgados, no parecen del tipo que se atiborra de marranadas, como dice Rosy.

Aparte de los cigarrillos de la señora, claro.

Allí no está permitido fumar, y sin embargo sostiene uno entre los dedos, sacado de una bonita caja muy plana, pero no lo ha encendido, y a veces se lo lleva a los labios y finge fumarlo y de esa manera es mejor para todos: así puede durarle mucho tiempo y nadie tose.

Cuando se abre el telón, ya estamos muy excitados.

Llueven confetis y cintas de papel y globos de todos los colores y es difícil quedarse quietecitos con esa intensa lluvia.

El circo está lleno de niños y suenan gritos por todas partes. Incluso uno ha tratado de subir al escenario y su papá, muy colorado, ha corrido para atraparlo.

Charlotte y Rosy se levantan todo el tiempo para decir que nos sentemos.

Harían mejor quedándose de pie.

Como si fuéramos a quedarnos tiesos como estacas con esos globos que nos caen encima y les damos fuertes manotazos para enviarlos lejos. El suelo está lleno de palomitas. Nos las han dado al entrar y hemos hecho grandes batallas con ellas. Hay toneladas de confetis y de cintas de papel también, y a veces caen sobre nuestras cabezas, por ejemplo la de Ahmed, que ahora tiene el pelo de todos los colores.

Un señor con traje de luces nos pregunta por el micro si estamos bien y si nos sentimos contentos de estar allí, y nosotros aullamos «sí» antes de que haya acabado la frase y nos mira y dice «veo que los niños de la primera fila están en plena forma», y nosotros nos ruborizamos un poco como si nos hubiera señalado con el dedo y al mismo tiempo estamos superorgullosos.

Dos payasos aparecen mientras el señor sigue hablando por el micro y se precipitan detrás de él para ponerle orejas de burro con sus grandes dedos en V y oímos «¡cuidado, detrás de ti!», y es Ahmed quien se ha levantado para delatar a los payasos con el dedo.

—Gracias, pequeño —dice el señor por el micro, y se vuelve y levanta los brazos y dice «¡uh!» a los payasos, que caen hacia atrás.

—¿Están muertos? —pregunta Ahmed.

Y eso hace reír a todos los que lo oyen.

—Ahmed, siéntate —dice Charlotte—, el niño que hay detrás de ti no ve nada.

Los payasos se levantan y hacen un guiño a Ahmed, que se sienta enseguida, y sacan pelotas de sus grandes bolsillos y las hacen girar a toda velocidad sobre la punta de un dedo, golpeándolas por los lados de vez en cuando, y todo el mundo aplaude. Uno de los payasos avanza, mientras el otro le da una patada en el culo antes de huir hacia el fondo del escenario.

—¿Quieres venir conmigo? —pregunta el payaso a Ahmed tendiéndole la mano.

Ahmed mira a Rosy, que dice sí con la cabeza, y él se deja arrastrar por la mano del payaso.

—¿Cómo te llamas? ¿Ahmed? ¡Aplaudan a Ahmed, señoras y señores!

Y nosotros, en la primera fila, aplaudimos hasta hacernos daño.

El payaso pide a Ahmed que mantenga el dedo bien recto y hace girar la pelota sobre el suyo antes de pasarla al dedo de Ahmed, que se dobla bajo el peso y el canguelo, y la pelota cae al suelo.

—Muy recto y muy duro el dedo, pase lo que pase —dice el payaso, y vuelve a empezar y Ahmed no deja caer la pelota, que gira como una peonza, y nosotros gritamos «¡Ahmed es el mejor!».

Ahmed vuelve a su sitio y los payasos hacen juegos malabares con platos y vasos e incluso ensaladeras, y me digo que no vale la pena tratar de imitarlos en Les Fontaines, pues corremos el riesgo de romperlo todo y de que nos riñan, aunque lo único que queramos sea parecernos a los payasos.

Después de los payasos sale una pareja vestida toda de rojo que sonríe todo el tiempo. Se diría que las sonrisas están pegadas a sus bocas. Hasta cuando camina sobre el fuego, el señor sonríe. La señora vierte vidrios rotos, quizá una de las ensaladeras del payaso, y sonríe. El señor pisotea todo eso con sus pies desnudos y sonríe. Después se clava agujas en las mejillas y sonríe.

A Jujube eso no le hace sonreír en absoluto.

Oculta la cara contra el pecho de su papá, puesto que sus manos siguen secuestradas.

Y luego el señor de rojo nos pide que subamos al escenario y nos morimos de canguelo.

Yo no quiero caminar sobre fuego o sobre vidrio o una gilipollez semejante.

Subimos de todas formas, y no las tenemos todas con nosotros cuando nos coloca desde el más bajito al más alto y nos tiende antorchas con fuego en el extremo y hay que sujetarlas lo más alto posible. Da miedo. La señora sigue sonriendo y da unos pasos de baile rozándonos con la pierna, y yo me digo que acabará por fallar el movimiento y nosotros fracasaremos estrepitosamente. Por mucho que mantenga el brazo en el aire, noto el calor del fuego y no me siento tranquilo. Y entonces el señor Sonrisa nos pide que le vayamos dando las antorchas y va apagando el fuego en su boca, y yo soy el último y estoy muy contento cuando se come el fuego de mi antorcha, y me digo que quizá es el fuego lo que le ha dibujado la sonrisa a fuerza de abrir tan desmesuradamente la boca.

En cualquier caso, lo que es seguro es que no intentaré hacer lo mismo.

Yo no he perdido la chaveta.

Prefiero al viejo mago.

Parece Merlín el Encantador, con su gran gorro puntiagudo y su larga capa llena de estrellas y de lunas.

La chica alta y rubia que lo acompaña no me gusta tanto.

Lleva un vestido de cuadros rosas y blancos y la boca pintada de rosa y las mejillas también, y los cabellos recogidos en coletas y eso le da un aspecto un poco bobalicón, como todas las señoras que se visten como niñas pequeñas.

(Antoinette me dijo que era a causa de la vejez, que les da mucho miedo, entonces las ancianas se visten como niñas pequeñas y hacen como si el tiempo no se diera cuenta de ello.)

La chica alta y rubia saca de un gran cesto toda clase de cosas, que nos enseña por todos lados como si estuviéramos en el mercado y fuéramos a comprarlas, antes de entregar al viejo mago la varita mágica, el sombrero, los confetis y el fular. Y la chica alta y rubia con su aspecto algo bobalicón se pone contenta cada vez que la cosa sale bien, grita cuando el viejo mago saca un conejo de su sombrero, abre desmesuradamente los ojos cuando el puñado de confetis, al volver a caer, se imprime sobre el fular, y se va muy alegre a esconderse en el baúl como si fuera el día más bonito de su vida, y el viejo mago cierra el baúl y suenan los tambores, y cuando abre el baúl, la chica alta y rubia ha desaparecido, solo hay pájaros que echan a volar. Un gran rayo de luz atraviesa la carpa y sube hasta lo alto de una escalera, y allí, sorpresa, está la chica alta y rubia, incluso ha tenido tiempo de cambiarse y vestirse de Caperucita Roja, y muerde un enorme pirulí mientras baja los peldaños. En el escenario, deja caer la capa roja y Rosy dice «no es un atuendo apto para niños».

Todas aquellas lentejuelas no duran mucho: el mago la hace entrar en una caja y solo sobresalen de ella los pies y la cabeza, que ella mueve como si no pudiera soñar con nada mejor. Y cuando el viejo mago blande una enorme sierra por encima de ella y los tambores resuenan de nuevo, ríe como si fuera la broma más divertida del mundo. El mago la corta tranquilamente en dos y yo me digo que Raymond el gendarme hará algo por la pobre idiota, pero no, él también se ríe y ya no entiendo nada. El mago separa las dos mitades de la caja, y los pies se agitan en una de ellas y la cabeza en la otra. La cabeza de la chica alta y rubia mueve los ojos de derecha a izquierda y de izquierda a derecha y todo el mundo aplaude menos yo.

¿Aplaudir yo una cosa así? ¡Ni hablar!

El mago reúne las dos mitades, da un gran golpe con la varita mágica pronunciando «abracadabra» y la chica alta y rubia de aspecto algo bobalicón sale de la caja toda de una pieza, e incluso se levanta el traje de lentejuelas para demostrar que no tiene cicatrices, y me digo que más adelante yo quiero ser mago, es todavía mejor que ser el buen Dios, que no hace más que escuchar a la gente sin conseguir nunca que sus sueños se cumplan.

Cierro un ojo, luego el otro, cuando el señor se balancea en el aire y boca abajo mientras sujeta las manos de una señora a la que envía a otro columpio. He visto la red debajo, pero sigo temblando. Es un oficio extraño el de trapecista, pasarse todos los días columpiándose en el vacío por unos aplausos, hay que tener «guisantes en la cabeza», como dice Rosy a veces hablando de nosotros. Y eso no es lo peor. Lo peor es que incluso van en bicicleta sobre un grueso hilo de hierro por encima de la red, y para complicar la cosa, la señora está subida muy erguida sobre los hombros del señor.

Es demasiado para mí.

Vuelvo a cerrar los ojos.

Cuando los abro, estoy en la boca del león, o casi.

Es el latigazo lo que me ha despertado.

El león retrocede y trepa al trampolín.

Miro a mis amigos y sus ojos están llenos de espanto.

El circo es guay.

Yo prefiero la montaña rusa, al menos ahí el miedo y el placer están muy mezclados.

Y, además, el señor con su látigo pide al león que salte, y yo no correría un riesgo semejante, dado que hay que pasar por un aro de fuego. El león avanza sobre su trampolín a paso lento, se diría que reflexiona «¿voy, no voy?» y, ¡hop!, salta tan flexible como el gato y atraviesa el aro de fuego sin chamuscarse la hermosa melena y es el fin del número.

El señor con traje de luces vuelve con los dos payasos y nos dicen que esperan que nos hayamos divertido mucho, y los payasos dan volteretas hacia atrás y el señor nos dice hasta la vista con la mano y oímos la vocecita de Ahmed, «¿se ha acabado?», y el señor con traje de luces responde «no, pequeño, el circo no termina nunca».

Ahora comprendo por qué Rosy nos dice con frecuencia «¿qué es este circo?».

Raymond no quiere decirme adónde vamos.

Sé que «es una sorpresa» y que Camille y yo saldremos temprano de Les Fontaines para «no perdernos ni una migaja de sol».

No me gustan demasiado las sorpresas. A veces te decepcionan: en el fondo de las bolsitas sorpresa no hay más que un huevo de plástico con un soldadito dentro. O si no, hacen que el corazón te lata demasiado fuerte y te suban las lágrimas y ya no puedes tragar nada, como la tarta de Ferdinand para mi cumpleaños.

Insisto al teléfono.

Raymond dice «okey, es un picnic con una cesta llena de cosas ricas para comer».

Y solo pienso en eso.

En el coche, Antoinette va delante y la silla de ruedas en el maletero. Lo sé porque lo he abierto antes de subir, lo único es que no he visto la cesta del picnic.

—¿Dónde está la cesta? —pregunto a Raymond.

—En las rodillas de Antoinette. Y ten cuidado al subir al coche, la neverita portátil está encajada detrás de mi asiento.

—¿Qué es una neverita portátil?

—Un cesto para conservar el frío. Cierra el maletero y sube al coche, Calabacín.

Apoyo los pies en la neverita y el mentón en las rodillas.

Antes de abrir su cómic y de marcharse con Tintín a la luna, Víctor me dice al oído «Antoinette va sentada en el lugar del muerto».

Me pregunto de qué muerto habla.

Con el oficio de Raymond, se me ocurren muchas cosas, pero no veo por qué tendría que haber un muerto en el sitio de Antoinette, y además los muertos no hablan, y a Raymond le gusta que le cuenten montones de cosas mientras conduce.

Es verdad que Antoinette no habla mucho, pero canturrea y con eso ya vale.

El gendarme no se duerme al volante y no acabamos en la cuneta, como el coche que acabamos de adelantar, rodeado por los bomberos, hasta el punto de que solo hemos podido ver el culo negro del Mercedes, y me he alegrado mucho de que no fuera blanco por el de los padres de Jujube, que han decidido no volver a viajar sin él.

Camille no ha visto nada, duerme contra la portezuela, y viendo su carita tan tranquila, seguro que el muerto no debe de formar parte de su sueño.

Antoinette no parece darse cuenta de que ha ocupado el lugar del muerto, sujeta la cesta como si se la fueran a arrebatar y el accidente no le impide canturrear.

—¿Quién es el muerto? —pregunto a Antoinette, poniendo la mano en su hombro.

—¿El muerto, qué muerto? —dice un poco asustada.

Víctor baja de la luna y me da una patada, «¿eres gilipollas o qué?».

—Víctor, nada de palabrotas, por favor —dice Raymond a la carretera—. En cuanto a ti, Icare, ¿qué mosca te ha picado para decir una cosa semejante?

—No he sido yo, ha sido Víctor.

—¡Yo no he dicho nada!

—Sí, me has dicho que Antoinette iba sentada en el lugar del muerto.

—No para que lo repitieras, chivato.

—No soy un chivato.

—Sí que lo eres.

—No.

—¿Porque tú lo digas?

—Bueno, calmaos ahí detrás —gruñe Raymond mirándonos por el espejo—. El lugar del muerto es solo una expresión, Calabacín. Significa sencillamente que en caso de accidente no es un buen sitio.

—Pues no es una expresión bonita —digo.

—No, no es bonita —repite Antoinette—. Y tú, Raymond, mira la carretera. No tengo ganas de ocupar ese sitio hoy.

—No volveré a decirte nada —murmura Víctor pasando la página de su cómic.

—Perdóname, no quería que discutiéramos —digo tomándole la mano.

—Vale —dice Víctor sin soltar mi mano.

—¿Está bien ese cómic?

—Sí, ¿quieres leer conmigo?

—De acuerdo.

Y pronto empiezo a marearme por leer las aventuras de Tintín en la luna, pero no digo nada para no preocupar a Víctor. Abro un poco la ventanilla para tomar aire y tengo que cerrarla a causa de Antoinette, «no quiero pillar la muerte», y me digo que decididamente no es su día.

¡Como si la muerte se pillase por una ventana abierta!

Con todas las ventanas que abro, ya la habría visto mil veces, y es difícil que te pase por alto, a causa de su gran capa negra y su enorme espada retorcida como en la película.

No es culpa mía si no entiendo todo lo que me dicen.

Al menos yo hago preguntas, y tanto peor si paso por estúpido o si piensan, como Simon, que me falta un tornillo.

No porque no se pregunte nada se sabe todo.

Simon, por ejemplo, lo sabe todo sobre nosotros, pero no gran cosa sobre sí mismo, y no es en esos cuadernos donde encontrará respuestas a todas sus preguntas. Sé muy bien que es orgulloso como un gallo para preguntar lo que sea a la señora Papineau, que conocía bien a su mamá.

Yo en su lugar la habría bombardeado a preguntas.

Simon no.

Resulta fácil decir que Les Fontaines es una prisión cuando no se intenta serrar los barrotes para escapar.

Y con las personas mayores ocurre lo mismo.

Hay un montón de interrogantes sin respuesta porque todo ello queda encerrado en la cabeza sin salir jamás por la boca. Después se leen en las caras todas esas preguntas nunca planteadas y solo hay desgracia o tristeza.

Las arrugas no son más que una caja de preguntas no hechas que se ha llenado con el tiempo.

Tampoco Antoinette pregunta nunca nada.

Prefiere canturrear.

Y yo veo muy bien que de vez en cuando su rostro se pone completamente gris, como si el sol se ocultara de golpe detrás de las nubes. Cuando canturrea está en otra parte y toda su cara se ilumina, aunque se parezca a una manzana pasada.

Yo, cuando sea viejo, tendré siempre diez años y haré toda clase de preguntas idiotas y no tendré una sola arruga.

–¿En qué piensas? –dice Camille estirándose como el gato, toda patas hacia delante.

–En nada –miento.

–Pues no pones la cara de alguien que no piensa en nada.

–¿Ah, no? ¿Y qué cara pongo?

–Pones cara de pensar en cosas serias. La nariz se te arruga y frunces los labios.

–¿Eso es lo que ves?

–Sí, y no es la primera vez. Ten cuidado, un día esa expresión se te quedará fija y tendrás un aspecto malicioso.

Entonces me mira de reojo y me hace una mueca, y no es un bonito espectáculo.

–¿Yo hago eso?

–Sí. –Y se echa a reír.

Veo el mar a lo lejos y no puedo estarme quieto.

Lo he visto en montones de películas, pero no es lo mismo.

Mamá nunca quiso llevarme al mar. Decía que costaba demasiado caro y que era demasiado peligroso, por lo del hijo de la señora de la fábrica al que se había tragado una ola, un poco como hace la lavadora.

El mar es inmenso.

No es culpa mía si en la tele todo parece pequeño. Debo de ser el único niño que no conoce el mar. Así que me hago el chulito.

Camino por la arena y me hundo un poco y se me llenan los zapatos.

—¿Por qué no te quitas los zapatos? —me dice Camille, descalza y con las sandalias en la mano.

Miro a mi alrededor.

Soy el único que lleva los zapatos puestos, aparte de Antoinette, en brazos de Raymond, con sus botas que reflejan el sol.

A la orilla del agua, gente en bañador se va (no sé adónde) con sus pies descalzos que se ahogan en el mar. O bien está lleno de muertos que ya no se mueven sobre sus toallas.

Me lo quito todo excepto el *slip*.

Raymond deja a Antoinette en su silla a la sombra de la gran sombrilla amarilla. Nosotros extendemos una enorme toalla blanca sobre la arena. Todas nuestras ropas cuelgan bajo la sombrilla, excepto las de Antoinette.

Dice «los bañadores ya no son para mí».

—Pues no te pongas nada —le digo.

—¡Calabacín! ¿Quieres que el sol salga huyendo? —Y se echa a reír y ya no quedan muchos dientes en su boca.

Miro la barriga fofa de Raymond. Parece un globo desinflado. Una moqueta de pelos se extiende sobre su pecho y sus hombros, y se ve muy raro con su piel tan blanca como los dientes de Béatrice.

Camille me agarra de la mano y corremos hasta el agua.

No tiene nada que ver con la piscina: el agua está la mar de fría y es supergrís.

El sol podría al menos remojarse un poco en el agua, en vez de hacerse el orgulloso allá arriba en el cielo.

—No eres más que un cobardica —me grita Camille, y se lanza al agua.

—Ya verás si soy cobardica o no —digo, y corro tras ella y caigo a causa de una ola que me pone la zancadilla.

—Es supergrande —digo.

—¿El qué?

—El mar. Al menos en la piscina se ven las dos orillas.

—Sí, puede ser, pero aquí tenemos más sitio para dar volteretas. —Y desaparece bajo el agua.

—Está megafría —dice Víctor castañeteando los dientes.

—Estás majareta —digo—, me has asustado.

—¡Eh, papá! ¡Estamos aquí!

Solo me quedan los ojos para ver: con los berridos de Víctor ya no oigo nada.

O bien es el mar que se me ha metido en los oídos cuando he intentado la voltereta de Camille.

Veo a mi ángel empapado dar una al revés.

Y veo a Raymond avanzar hacia nosotros como una bailarina.

Se diría que no quiere hacerle daño al agua o que no sabe dónde poner los pies. Hace toda clase de muecas divertidas salpicándose agua en los brazos y la nuca, antes de perder el equilibrio y caer al agua como la ballena de la película.

Camille, Víctor y yo nos acercamos dispuestos a saltar sobre la gran barriga de Raymond, que sale del agua como un flan bañado en caramelo.

Raymond atrapa a Víctor por el pie y la mano y «hace el avión» con él, balanceándolo en el aire antes de hacerlo aterrizar en el agua.

—¡Yo también quiero hacer el avión! —digo.

—¡Yo también! —repite Camille.

—¡Otra vez! —grita Víctor.

Y Raymond nos hace girar a los tres varias veces y ya no queremos que se detenga, y al final Raymond se cansa, entonces me suelta y trago un poco de agua salada y Camille me pega en la espalda y yo escupo.

—¿Todo bien, pequeño? —dice Raymond.

—Sí, otra vuelta —respondo.

Y Raymond me agarra por la cintura y me lanza al aire como un globo, y aún no he tenido tiempo de gritar, cuando ya estoy en el fondo del agua.

—¡Me toca a mí! —grita Víctor.

—No, a mí —suplica Camille.

Después del globo, nos subimos a sus hombros y nos tapamos la nariz al caer hacia atrás, y después hacemos «esquí acuático», con los pies en sus rodillas, las manos en las suyas, las piernas y los brazos bien tensos, y Raymond parte hacia atrás haciendo el ruido de un barco a motor y luego salimos del agua porque tenemos mogollón de hambre.

Antoinette ronca, con la cabeza hacia atrás, y Víctor deja caer un trocito de pan en su boca abierta y ella se despierta porque se atraganta y eso nos hace reír.

Nos quitamos los bañadores y los ponemos a secar bajo la sombrilla amarilla, y aprovecho para mirar la pilila de Víctor, tan pequeña como la mía, y eso me tranquiliza un poco. Raymond nos da una toalla de baño para que no nos sentemos desnudos a la mesa. Sacamos de la cesta las patatas chips, los platos, los vasos, los tenedores y los cuchillos.

Resulta práctico, todo es para tirarlo después, menos las chips, así no tendremos que fregar vajilla.

Luego Raymond abre la neverita portátil y nos tiende cajas de plástico con montones de cosas ricas: huevos duros, rábanos, pollo y manzanas. También hay agua y limonada muy heladas. Vierto un poco de sal en el huevo duro como hace Raymond y lo muerdo y está lleno de arena. Nadie utiliza los cubiertos de plástico para el pollo. Incluso Antoinette come con los dedos y es genial, aunque luego tengamos los dedos pegajosos. Froto un poco la manzana contra mi toalla para que brille por todas partes y también está llena de arena cuando la muerdo.

Después nos ponemos los *slips* casi secos, Raymond se va a plantar la sombrilla al borde del agua y luego vuelve a buscar a Antoinette, que se ha cubierto la cabeza con un sombrero de papel de periódico que parece un barco.

Nosotros empujamos la silla de ruedas hasta la sombra de la sombrilla, y las ruedas se hunden en la arena.

Luego agarramos el cubo, las palas y el rastrillo para construir un castillo como Les Fontaines.

Raymond extiende su toalla cerca de la silla de ruedas y se tumba sobre la barriga, para quedarse dormido enseguida.

También tiene moqueta de pelos en la espalda.

Víctor vuelca el cubo lleno de arena, yo excavo con la pala todo alrededor del castillo para protegerlo de las olas y Camille recoge conchitas por la arena. Antoinette me tiende una bandera que ha hecho clavando un palillo en un trocito de periódico. La planto en una de las torres. Camille vuelve con las manos llenas de tesoros y decoramos el castillo con ellos.

No se parece demasiado a Les Fontaines, pero es igual de bonito.

Vamos a despertar a Raymond tirándole de los pelos de los hombros, pese a los «dejadle dormir» de Antoinette. Raymond abre un ojo y echa una mirada al castillo, dice «genial» y vuelve a cerrar el ojo.

—¿Podemos ir a bañarnos, abuelita? —pregunta Víctor un poco decepcionado.

—Sí, pero no demasiado lejos. A mi edad ya no veo gran cosa.

A veces, Antoinette dice que ve mucho más lejos de lo que creemos, y otras veces no.

Corremos al agua, pero no está Raymond y es menos divertido. Tratamos de «hacer el avión», pero tenemos los brazos muy fofos y no conseguimos levantar al otro ni una pizca.

Ya no es el avión, es el submarino.

Nos instalamos en la orilla, con los codos hundidos en la arena y las piernas en el agua, y miramos un gran barco a lo lejos que no parece avanzar muy deprisa.

—Este verano papá me lleva al mar caliente.

—Tienes suerte —digo, cubriéndome las piernas con arena.

—Pues sí, y Antoinette viene también. Vivimos en una casita, y aunque el mar caliente no está muy cerca, al menos lo vemos por las ventanas.

—¿Cómo es el mar caliente? —digo sin pararme a pensar.

—Bueno, está caliente. A veces haces unas preguntas... ¿Nunca has ido allí?

—Oh, sí, montones de veces —miento.

—No es cierto, Calabacín —dice Camille—. Te has puesto rojo como un mentiroso.

—Es a causa del sol.

—No te has visto cuando hemos llegado a la playa. Yo sí. Abrías unos ojos así de grandes. Apuesto a que no conocías el mar.

—Eso es falso —digo muy bajito.

—¿Nunca habías estado en el mar? —pregunta Víctor como si yo nunca hubiera visto un huevo o la hierba.

—No pasa nada —murmura Camille—. No vamos a bur-
larnos de ti.

—Te digo que he estado en el mar montones de veces.

—¿Y dónde?

—Ya no me acuerdo.

—¡Papá! —grita Víctor—. ¡Calabacín nunca había estado
en el mar!

—Cállate —digo.

—¡Víctor! —grita Antoinette—, tu papá duerme como un
niño. Déjalo tranquilo.

—¿Cómo queréis que duerma como un niño con este
escándalo? —refunfuña el gendarme incorporándose.

—Papá, Calabacín no conocía el mar.

—¿Es cierto, pequeño? —pregunta Raymond.

Y viene a sentarse en el agua a mi lado con los hombros colgantes y los ojos todavía llenos de sueño.

—Sí —digo muy bajito hundiendo los pies en la arena. Si
pudiera, me hundiría todo entero.

—¿Tu mamá nunca te llevó al mar? —dice Raymond
muy asombrado—. ¿Ni siquiera un día?

—No, decía que era demasiado caro y que las vacaciones solo son para los ricos, y no podía conducir a causa
de su pierna enferma y tenía miedo por el niño que una
ola se había tragado, un poco como hace la máquina de
lavar la ropa.

—¿Qué niño, pequeño?

—No lo sé.

—¿Sabes, Calabacín?, yo no soy rico, pero tengo lo suficiente para llevaros a todos este verano al mar, si queréis.

No respondo.

Miro el gran barco que desaparece por el otro lado del
mar.

—¿Lo dices de veras? —pregunta mi ángel.

—De veras.

—Mi tía nunca querrá —se enfurruña Camille.

—Ya me las arreglaré con el juez, no te preocupes. Calabacín, no dices nada.

—Me da un poco de vergüenza —digo.

—¿El qué? —pregunta Raymond.

—¿Qué es lo que dice? —grita Antoinette.

—¡Tiene vergüenza! —aúlla Víctor.

—¿De qué?

—¡Antoinette! —grita Raymond a su vez—, deja que conteste el pequeño.

—Bueno, si estoy de más, me lo decís. —Y se baja el barco de papel hasta los ojos.

—Vamos, pequeño, dime de qué tienes vergüenza.

—De no habéroslo dicho antes. Tenía miedo de que os burlaseis de mí.

—No dejaré que nadie se burle de ti, pequeño.

—Yo tampoco —dice Camille.

—Eres como mi hermano, Calabacín, y si alguien trata de burlarse de ti le partiré la cara. —Y parte la cara al aire puro del mar con sus puñitos.

—Bien, entonces me gustaría mucho ir al mar caliente —digo. Y siento cómo la garganta me cosquillea y sé que no es un buen signo.

—¡Hurra! —grita Víctor.

Y yo ya no puedo contener las lágrimas.

Es la hora del recreo.

Camille y yo estamos sentados en la hierba y nos sentimos muy alterados.

El gato ha desaparecido y lo hemos buscado por todas partes y no lo hemos encontrado.

Camille dice «lo dejamos completamente solo y se fue en busca de nuevos amigos».

Pero sobre todo no dejamos de pensar en el gendarme y en lo que nos dijo en la playa.

No necesité preguntar a los hermanos Chafouin lo que significaba «adopción». Es una palabra demasiado fácil para el juego del diccionario. Hasta yo sé lo que significa.

—La bruja nunca querrá —dice Camille arrancando un puñado de hierba.

—No te preocupes, Raymond hablará con el juez y todo irá bien.

—Tú no la conoces, echará miraditas lánguidas al señor Clerget y le soltará una serie de horrores, y yo me quedaré en Les Fontaines.

—No me iré sin ti.

Y nos miramos intensamente.

A mí no es la bruja lo que más me preocupa.

Seguramente será barrida como una hoja por el viento, y nadie irá a recogerla. Desde luego, puede echar miraditas lánguidas al juez, pero el señor Clerget se la tiene jurada desde que escuchó la casete, y sabe que miente más que respira.

Por el contrario, no sé cómo guardar un secreto semejante, y cada vez que hablo con Simon o con Ahmed, tengo la impresión de traicionarlos.

Y a Camille le ocurre lo mismo.

Es peor que chivarse.

Simon, como no es idiota, ve muy bien que no soy el mismo desde que volví del mar.

Yo le digo «tienes demasiada imaginación, Simon», y él me mira como si ya no fuera su amigo y eso duele.

Llamé a Raymond por teléfono y me dijo «aguanta, Calabacín, ahora ya es solo cuestión de días».

—¿Cuántos días? —pregunté separando los dedos.

—Veinte a lo sumo. Después de la kermés de Les Fontaines.

Volví a cerrar la mano. No tenía suficientes dedos para contar.

Béatrice incluso preguntó a Camille por qué andábamos siempre con cuchicheos.

—¿Os burláis de mí?

—No.

—Entonces, ¿por qué ya nunca puedo pasear contigo?

—Porque no.

—¿Vas a marcharte?

Camille estuvo a punto de atragantarse.

—¿Irme adónde?

—Al mar. Ya no eres la misma desde que fuiste. Casi no comes, te pasas todo el tiempo de secreteos con Calabacín, y en el colegio siempre miras por la ventana como si quisieras echar a volar. Alice me ha hablado de ello, e incluso los chicos vinieron a verme y me preguntaron si sabía algo. Dije «sí, pero no os importa, son cosas de chicas».

—¿Eso dijiste?

—Pues sí, no quería pasar por idiota.

Camille la estrechó con fuerza entre sus brazos.

—No eres una idiota, Béatrice. Y te prometo que serás la primera a quien se lo cuente todo.

—¿Cuándo?

—Pronto.

—¿Te molesta mucho si hago creer a los demás que lo sé?

—No.

—Entonces, ¿por qué lloras?

—No lloro.

—¿Y qué es eso que tienes en el ojo?

—¡Ah, esto! Es solo una mota de polvo.

—No hay polvo en Les Fontaines. ¿No has visto cómo pasan las señoras el aspirador? Yo sí. Incluso se meten debajo de las camas con él.

—Pues bien, esta mota se les pasó por alto.

Solo Jujube no pregunta nada.

Sus padres vienen con frecuencia a Les Fontaines, cuando no se lo llevan a París.

Nunca ha vuelto a tener pupa o esparadrapo en el dedo y se hace el chulito.

—Pronto me marcharé con mis padres a su inmensa casa y tendré una inmensa habitación solo para mí.

»También tendré montones de juguetes y un jardín solo para mí.

»Un día me casaré y tendré hijos y ya no podré venir a veros...

Simon le ha cerrado el pico, «eres un coñazo, Jujube, nos la sudan tu inmensa casa y tu jardín solo para ti. De todas formas nunca has compartido nada, y no habrá mujer lo bastante imbécil para mirar tu jeta de galleta pasada y tu barriga de cerdito, y no tendrás hijos y tanto mejor para ellos, y nadie te echará de menos aquí».

A veces Simon es duro.

Se diría que en vez de piel tiene cuero.

Y desde que me mira como si ya no fuéramos amigos es malvado con todo el mundo. Jujube ni siquiera intentó replicar, se quedó totalmente idiotizado, con la boca abierta, y lloró por lo de su jeta de galleta pasada y su barriga de cerdito.

Daba pena verlo.

Yo le puse la mano en el hombro y Simon escupió en el suelo antes de volvernos la espalda.

En cuanto a Ahmed, se hace muy chiquitito y no dice nada desde que Simon lo amenazó con encerrarlo de por vida en un armario mientras estaba haciendo sus deberes sin meterse con nadie.

No sé qué hacer. He tratado de calmar a Simon, pero me ha dicho que no hablaba con traidores.

—¿Qué le pasa a Simon? —me preguntan con frecuencia Rosy o Charlotte.

—No lo sé —digo, y me largo para no hablar más.

Ya van dos veces esta semana que Simon hace la barandilla a causa de las palabrotas que salen con facilidad de su boca. Camille y yo quisimos ayudarle y dijo «no os necesito. ¡Largaos!», y nosotros nos transformamos en estatuas.

—Resulta duro guardar un secreto —dice Camille.

Ha arrancado tanta hierba a su alrededor que se ve la tierra.

—Sí, y creo que voy a decírselo a Simon antes de que sea demasiado tarde.

—Prometimos a Raymond que no lo comentaríamos con nadie.

—Lo sé, Camille, pero ya no puedo soportar la mirada de Simon cuando se posa en mí. Está más cargada que un revólver.

En Les Fontaines pido a Ahmed que vaya a hacer los deberes con Rosy y me siento en el escritorio de Simon.

Al principio hace como si yo no estuviera allí, hasta el punto de que ha copiado dos veces la misma frase.

—Simon, tenemos que hablar.

—No tengo ganas.

—Voy a confiarte mi secreto.

—Me la suda.

Entonces le cojo el libro y lo arrojo lejos.

—Sé que no te la suda. Si no, no te portarías tan mal.

—Si sabes lo que te conviene, recoge mi libro y desaparece de esta habitación.

—No.

—Bien, luego no digas que no te avisé.

Y me da un puñetazo en la barriga.

El dolor hace que me suban las lágrimas. Ya no veo nada. Decido no responder con la cólera. Sin embargo, también la siento subir en mí.

—Simon, te necesito.

Me esperaba insultos o que volviera a pegarme.

Pero no llega nada.

Ni insultos, ni golpes, ni mi cólera.

Entonces me seco los ojos y miro a Simon.

Está de pie, tembloroso, con el puño flojo como si la cólera se hubiera escapado de él, y ya no hay balas en sus ojos.

—Lo siento muchísimo, Calabacín, no quería hacerte daño.

Y va a sentarse a la cama de Ahmed y yo hago lo mismo.

—Pegas como un boxeador —digo tocándome la barriga, que aún me duele.

—Ah, ¿tú crees?

—Sí.

Y nos quedamos allí los dos, sentados en la cama mirando al vacío.

—Raymond quiere adoptarnos a Camille y a mí —digo al fin muy bajito, como si no quisiera que me oyera.

—Entonces, ¿os iréis?

—Sí.

—¿Cuándo?

—No lo sé. Quizá después de la kermés de la señora Papineau. Dependerá del juez.

—¿Y desde cuándo lo sabes?

—Desde que Raymond nos llevó al mar.

—¿Lo juras?

—Sí, lo juro.

—¿No lo sospechabas antes?

—Muchas veces veía que Raymond me miraba de una manera rara, un poco como mira a Víctor. Pero de eso a pensar que nos pediría que todos viviéramos juntos...

—Entonces, ¿tú también vas a abandonarnos?

—No, Simon. Nos veremos a menudo. Raymond me lo ha prometido.

—Ya no será lo mismo.

—Sí, nos querremos lo mismo, no cambiará nada.

—No, Calabacín. Ya no dormirás aquí, y seguramente irás a otro colegio y ya no nos veremos todos los días y acabarás por olvidarnos como ese cretino de Jujube. Él puede irse al diablo con sus padres forrados de pasta. Pero a ti solo te deseo el paraíso, aunque esté superceloso. Tendrás una vida normal lejos de esta prisión. Una vez en casa de Raymond, ya no nos verás con los mismos ojos. Nosotros somos como flores silvestres que nadie tiene ganas de recoger. La gente está muy dispuesta a adoptar bebés, pero no a chavales como nosotros. Somos demasiado viejos para ellos.

—No tienes derecho a decir eso. No soy como la veleta del tejado del colegio, que cambia de dirección con el viento. Pronto hará un año que estoy en Les Fontaines y no sabía gran cosa al llegar. Tenía compañeros de juegos como Grégory o Marcel, pero no eran verdaderos amigos. Creía que la vida era como en la tele, yo fuera de la pantalla y la vida dentro. No conocía nada de nada. Y ahora voy a ser adoptado con diez años, así que tampoco puedes decir que a la gente no le interesan los chavales como nosotros. También a ti puede ocurrirte.

—No, no me ocurrirá. La gran diferencia entre tú y yo es que tú tienes suerte porque ves la vida color de rosa. Para mí todo es en blanco y negro y nunca he tenido suerte. Mis padres se drogaban y les importaba un pimiento que yo existiera. Ambos murieron de sobredosis. Yo estaba en casa y no fue un bonito espectáculo.

—¿Qué es sobredosis?

—Es cuando tomas tanta droga que te mueres.

—Qué gilipollez. ¿Sabes?, yo te quiero mucho, Simon, y estoy muy contento de que existas.

—Yo también, y no quiero que te vayas. Pero te irás de todas formas.

—No sé qué decirte. Casi me entran ganas de no irme.

—¡Ah, de eso nada! ¿Estás chalado o qué? ¡No irás a quedarte en la prisión cuando ahí fuera hay todo ese sol esperándote! No tienes que escuchar a los demás, Calabacín. Ni a mí ni a nadie. Solo a tu corazón. Y estoy seguro de que tu corazón te dice que te vayas de aquí.

—Sí, es verdad.

Y cojo su mano y me la llevo a la cara como hice con la del gendarme al llegar por primera vez a Les Fontaines.

Camille acaba de salir hacia el tribunal con la señora Papineau.

Es un día sin sol, con grandes nubarrones en el cielo.

Me digo que el buen Dios está tan triste como yo y eso me tranquiliza un poco.

Hoy no he ido al colegio y nadie me ha reñido.

No es un día para eso.

Rosy ha hecho té con grandes pasteles chorreantes de nata y los miro sin ganas. Me gustaría que las agujas corrieran más deprisa en el reloj de Charlotte y que Camille volviera a mí.

Espero que el juez mantenga su promesa y proteja a mi ángel contra la malvada bruja.

Rosy la llama «la zorra» desde que leyó su carta.

Una carta enviada al juez y a la señora Papineau en la que la tía de Camille dice no a la adopción.

Dice que para los niños es peligroso vivir bajo el mismo techo que un gendarme, y que los jueces serían muy inconscientes si permitieran que unos críos se marchasen a casa de un viudo que porta armas. Tanto más cuanto que también yo conozco los revólveres, y ella no quiere que su sobrina corra semejante peligro.

No es una zorra, es algo peor, pero no conozco la palabra para eso.

El señor Clerget dijo que la bruja no le daba miedo y que haría que los otros jueces escucharan la casete.

—¿Qué otros jueces? –pregunté.

—Los del tribunal, pequeño.

—¿Qué tribunal?

—El que fallará sobre vuestro caso.

—¿Qué significa *fallar*?

—Decidir.

—¿Puede ganar la bruja? –preguntó Camille.

—No. Pero a los jueces no les gustan demasiado esa clase de adopciones. Raymond es un gendarme. En vuestro caso, eso supone un handicap. Tendrá que comparecer, y tú también, Camille.

—¿Camille? –pregunté, y sentí cómo una bola me subía por la garganta.

—Sí, pequeño, pero yo estaré allí para protegerla, no te preocupes. Eso sí, debo advertirte, Camille, que todo te parecerá bastante impresionante. Tendrás que pasar al estrado ante la mirada del presidente de la sala y de los demás jueces, y tu tía también estará allí. Estoy seguro de que té desenvolverás muy bien y Raymond también, y de que a los jueces les irritará la que vosotros llamáis la bruja. En cualquier caso, nada de llamarla así ese día, ¿eh?

Charlotte se muerde las uñas.

Rosy se ha comido todos los pasteles rebosantes de nata y acaba de dormirse en el sillón de la señora Papineau.

—Tiene suerte de poder hacer eso –digo.

—Sí... Mierda, acabo de romperme una uña.

—También tú has dicho una palabrota...

—Lo siento. A veces viene bien.

—¿Estás segura de que funciona tu reloj?

Charlotte pega la oreja a su reloj de pulsera.

—Sí, hace tictac.

—¿Tú ya has estado en el tribunal?

—Oh, sí, montones de veces, Calabacín, y no es tan terrible.

—Sin embargo, el juez dice que...

—Los jueces, los jueces, no solo existe eso en la vida. También ellos se equivocan, como todo el mundo.

—Espero que no se equivoquen hoy.

—Pues claro que no, con lo que el juez averiguó sobre la bruja, no hay riesgo de que ocurra.

—¿Qué averiguó?

—A veces haría mejor en pararme a pensar antes de abrir la boca.

—Venga, dímelo, por favor.

—Bueno, después de todo... Pero te lo guardas para ti, ¿eh?

—Lo prometo.

—Parece ser que pescaba a los señores para la mamá de Camille y que cobraba una comisión.

—¿Pescaba?

—Enviaba a los hombres a llamar a su puerta.

—¿A los que necesitaban que les remendaran el corazón?

—Esto..., sí, eso es, Calabacín. ¡Oh, ahí están, ya llegan!

Me precipito fuera del despacho de la señora Papineau, devoro los pasillos y las escaleras, estoy sin resuello, busco a Camille, que sale del coche.

Sus ojos me buscan, y cuando me encuentran comprendo por su color que la bruja ha perdido.

Corro hacia ella, le cojo la mano y la arrastro en una carrera loca.

Apenas oigo a la señora Papineau, que nos grita «¡niños, volved aquí inmediatamente!».

Ya nada tiene importancia, hemos ganado. Nos adentramos en el bosque y la tierra mojada se nos pega a la suela de los zapatos, y vamos hacia nuestro árbol preferido, aquel bajo el que besé a Camille por primera vez, y nos tendemos en la hierba y tanto peor si nos ensuciamos la ropa, sobre todo la de Camille, tan bonita.

Es un día de fiesta y podemos permitírnoslo todo.

—Vamos, cuenta —le digo.

Y Camille se desabrocha el cuello de la blusa.

—Raymond ha hablado el primero. Estaba emocionado, se notaba en su voz. Dijo a los jueces cuánto le había afectado tu caso cuando te conoció, porque sabía que era difícil para un niño perder a su madre, sobre todo en esas circunstancias. Después dijo «sé muy bien que soy viudo y que desgraciadamente ninguna mujer velará por estos niños si me autorizan a adoptarlos. Sé también que tengo mucho amor para dar y que mi propio hijo se ha apegado tanto a Calabacín y Camille que me habla ya de ellos como de un hermano y una hermana, y que esta familia estará todavía más unida que muchas otras que lo tienen todo y no dan nada».

—Es una suerte que yo no estuviera allí, porque me habría deshecho en lágrimas y no habría podido abrir la boca. ¿Cómo te las has arreglado tú?

—Los jueces han sido muy amables conmigo, así que me importaban un bledo sus ropas negras y la pequeña jaula que llaman el estrado. La bruja trataba de atrapar mi mirada, pero yo no se lo permití. Miraba a los jueces con una sonrisa así de grande, y luego me lancé como si cayera del cielo. Dije que Raymond se ocupaba de nosotros todavía mejor que un padre, sobre todo el mío, y que nunca habíamos visto un arma en su casa, y que me sentiría muy orgullosa de convertirme en su hija y que nos entendíamos la mar de bien Víctor, tú y yo, y que lo consideraba también como un hermano, aunque no hubiera tenido ninguno antes. Lo dije mirando a Raymond, y eso me ayudó, debido a todo el amor que hay en él. Saltaba tanto a la vista..., sobre todo cuando la bruja habló después de mí, con la miel en la boca, pero no engañó a nadie. De hecho, no hablaba, silbaba peor que una olla exprés. «Esta criatura tiene un don especial para contar estupideces. No hay que reprochárselo, pobrecilla, con una madre semejante. Varias veces me ha dicho que tenía miedo del gendarme y de las armas que había por todas partes en su casa.» Yo miré al señor Clerget, que me dijo no con la cabeza, y eso me impidió gritar que mentía como una sacamuelas. El presidente le cortó la palabra. «Soy más bien de la opinión, señora, de que ese don le concierne a usted. Por una parte, gracias al señor Clerget he oído una grabación bastante edificante, debo decirlo, referente a sus relaciones con su sobrina. Y por otra parte, sepa que ese hombre, a quien equivocadamente acusa en su carta, no tiene más que un arma: su gentileza. La única pistola de su propiedad se la dio a su compañero de equipo a la muerte de su mujer, y desde entonces nunca se la ha reclamado. Y conste que no le hablo, por supuesto, del comercio de hombres que ejerció usted en relación con la madre de Camille, según los diversos testimonios recogidos por el señor Clerget en persona.»

—¿Y cómo reaccionó la bruja?

—Parecía que la había picado un millar de avispas. Chilló que era una conspiración y se acercó al estrado de una zancada para abofetear al señor Clerget. Dos gendarmes tuvieron que sacarla a rastras. Juraba peor que Simon, pero el señor Clerget me dijo más tarde: «Allí donde se encuentre podrá vociferar todo cuanto quiera, pero no volveréis a oírla». Otro juez dijo «¡nunca había visto una cosa semejante!», y otro más, «una proxeneta chiflada siempre es algo novedoso», y el jefe de los jueces, «se levanta la sesión», y golpeó la mesa con el martillo y todo el mundo se levantó. Yo fui a refugiarme en los brazos de Raymond y la señora Papineau dijo «sabía muy bien que teníamos que vérnoslas con una loca», y el señor Clerget, «en cualquier caso, usted nunca me habló de ello antes de la grabación. No olvidemos que todo esto ha sido posible gracias a los niños». Y me hizo un guiño. Creo que la directora se sentía algo decepcionada por no haber sido llamada al estrado. También ella se había vestido peor que en domingo. ¿Has visto su vestido?

—No, solo tenía ojos para ti. Ya nada puede impedirnos ser adoptados por Raymond.

—Llevaremos su apellido. Resulta raro. ¿Cómo era?

—No lo sé, nunca se lo he preguntado. Siempre le he llamado Raymond o el gendarme en mis pensamientos.

Y me acerco a Camille para besarla todavía mejor que la primera vez.

Ferdinand el cocinero vigila las salchichas en la parrilla.

Hay bonitos manteles blancos y montones de cosas ricas para comer. Las ensaladas están todas mezcladas en grandes boles junto con salsas de todos los colores. Las lechugas verdes se ven amarillas bajo el sol y ya no contienen ni tierra ni gusanitos: el fregadero de Ferdinand se los ha comido. El arroz está mezclado con tomates y maíz, las manzanas verdes con aguacate, queso y nueces. Las gambas han sido descortezadas y el paté ya no está en el papel de la carnicería, y las carnes frías se apilan en los platos y las patatas chips desaparecen a puñados. Hay también pilas de platos de cartón y vasos de plástico. Y las servilletas de papel se van volando. Rosy ha tenido que ponerles tarros de mostaza encima. También hay un montón de botellas de vino que no podemos tocar, y todavía menos beber, y para nosotros jarras de agua y limonada. Los niños de Les Fontaines y del colegio van en pantalón corto y bambas, y la mayoría de los chicos se ha quitado la camiseta. Y entre las personas mayores, no solo Raymond transpira.

Y montones de zapatos se pasean un poco por todas partes sin los pies dentro.

Es el primer día del verano.

La señora Papineau celebra su kermés.

Y es nuestro último día en Les Fontaines.

248

Camille y yo seguimos juntos, como si tuviéramos miedo de perdernos.

Simon está en lo cierto.

Desde que todo el mundo sabe que nos vamos a casa de Raymond, ya no es lo mismo.

Oh, sí, desde luego, las personas mayores nos han dado toda clase de consejos, lo que hay que hacer o no hacer, y la lista es larga:

–No meterse los dedos en la nariz.

–Y, sobre todo, no sacar de ella las albondiguillas para comérselas después.

–No olvidar lavarse las manos antes de pasar a la mesa.

–No apoyar los codos encima.

–No decir «burp», sino «no, gracias».

–Decir «buenos días», «buenas noches», «gracias» y «por favor».

–No decir palabrotas.

–Lavarse los dientes al menos dos veces al día.

–Lavarse por completo sin olvidar el jabón.

–Arreglar las habitaciones y los juguetes todos los días.

–Hacer las camas todas las mañanas.

–Rezar al buen Dios antes de acostarse.

–No atiborrarse de caramelos y chocolatinas.

–No robar en el monedero de Raymond.

–No mentir.

–No esconder en el fondo del cubo de la basura lo que hemos roto.

–No llevar el mismo *slip* varios días seguidos.

–Repasar bien las lecciones. (Rosy ya no estará allí para ocuparse.)

–No burlarse de las personas mayores.

–No pelearse en el recreo ni en otra parte.

–No pasar por debajo de una escalera de mano.

–No jugar con cuchillos o tijeras.

–Dar una moneda a los pobres.

–No lavarse las manos en la pila del agua bendita de la iglesia.

–No hablar con desconocidos.

–Y, sobre todo, no subir a su coche.

–No acabarse el resto de los vasos de las personas mayores.

–No jugar con encendedores o cerillas.

–No fumar cigarrillos.

–Abrocharse el cinturón y sujetar la lengua en un coche.

–No tapar los ojos del conductor con las manos.

–No insistir cuando te dicen que no.

–No llevar a casa gatos y perros perdidos.

–No tocar las palomas.

–Sonreír cuando te hacen una foto.

Como si los críos no supiéramos todo eso... Rosy incluso lo ha escrito, y hemos de llevar el papel encima y releerlo con frecuencia.

Se lo enseñé a Simon, que se limitó a decir «gilipolleces».

Simon y los demás niños nos miran a Camille y a mí de una manera un poco rara, muy distinta de la mirada de Raymond.

Rosy dice que son imaginaciones mías, pero yo tengo ojos para ver y oídos para oír.

No es la imaginación.

Las conversaciones se interrumpen tan pronto aparecemos Camille o yo.

Como si molestáramos o algo peor.

—Es normal, Calabacín —me ha dicho Simon esta misma mañana—. Nos sentimos contentos por vosotros, pero al mismo tiempo es como si perdiéramos todos nuestros puntos de referencia. Nos devuelve a lo que somos, no gran cosa, con sueños que cabrían en una caja de cerillas. Estamos ahí, codo con codo y leyendo los labios para inventarnos un lenguaje, muy pegados los unos a los otros, y vuestra marcha es un poco como la bola en una partida de bolos: lo derriba todo. De momento hemos caído y tratamos de levantarnos. Ahmed vuelve a hacerse pipí en la cama. Alice se deja caer otra vez los cabellos sobre la cara. Béatrice solo se come el pulgar y las albondiguillas de la nariz. Los hermanos Chafouin intercambian palabras como «abandono», «soledad» o «huérfanos» en su estúpido juego, y por primera vez, Boris se ha hecho daño al clavarse una aguja en el dedo y nadie ha podido calmar su llanto. Normal, diez años de penas no se detienen así como así.

Y yo miro aquellos manteles blancos, y el verde de la hierba, y el azul del cielo, y todo eso me pone triste, como si no tuviera derecho a mirar todas esas cosas bonitas.

Los niños de Les Fontaines y del colegio están todos alrededor de los puestos de la kermés y pescan patos de plástico con un palo de escoba y arrojan canicas en pequeñas cestas y lanzan dardos a un blanco de corcho y ganan peluches gigantes, aunque el pato de plástico siga chapoteando en el agua sucia, aunque la canica falle la cesta, aunque el dardo se clave en otra parte y no en el blanco.

Y es como si yo no estuviera allí.

No tengo ganas de sonreír y ninguna alegría que mostrar.

Camille tiene la mirada de los días malos, y ninguno de los dos ha ido a los puestos de la kermés.

Tampoco nadie ha venido a buscarnos.

Raymond habla con el juez.

Víctor se ha mezclado con los otros niños.

Los ducadores solo se interesan en el contenido de sus platos de cartón o sus vasos de plástico.

Las familias de los chavales del colegio se han tumbado en la hierba verde.

La señora Colette ríe con el señor Paul y su risa me duele.

–¡Pero bueno, niños! ¿A qué viene tanto reconcomerse? ¡No es un día adecuado para eso!

La señora Papineau apoya las manos en nuestros hombros.

Yo la miro con ojos tristes.

–No tiene nada de especial para nosotros, señora directora.

–¿Señora directora?

–Geneviève.

–Lo prefiero así. Contadme.

–¿Contar qué?

–No te hagas el Calabacín conmigo. Puedo ver claramente que los dos os sentís desdichados. ¿Qué ocurre?

–Nada –dice Camille.

–Pues nadie lo diría, viendo vuestros ojos de perros apaleados.

—No tiene importancia, Geneviève, se nos pasará —digo.

—¿Por qué no vais a jugar con vuestros amiguitos?

—No quieren saber nada de nosotros —suelta Camille.

—¿Cómo que no quieren saber nada de vosotros?

—Ni siquiera Béatrice quiere ya hablar conmigo —lloriquea Camille.

—No te preocupes, pequeña. —Y la señora Papineau le seca las lágrimas con el pañuelo.— Hacedme un favor. Id a esperarme a mi despacho que ahora voy.

Hace fresco en el despacho de la directora.

Camille acerca su cara al ventilador y su largo pelo castaño revolotea.

Estoy mirando las paredes llenas de dibujos de niños, cuando oigo un alegre jolgorio en el pasillo.

La directora hace entrar al pequeño grupo y cierra la puerta tras de sí.

Todos nos miramos un poco cohibidos.

Béatrice no quiere separarse del conejo gigante. Desaparece detrás.

—Bien, niños, os he reunido a todos aquí a causa de Calabacín y Camille, que se sienten un poco rechazados por vosotros. Estoy esperando. ¿Quién va a hablar el primero?

—No somos nosotros, señora —dice Boris—. Son ellos que se marchan.

—Eso no significa que ya no os quieran —dice la directora—. Estoy segura de que sienten tanta pena como vosotros.

—Yo no quiero quedarme toda la vida en un armario —lloriquea Ahmed.

Simon mira fijamente a Ahmed y leo en sus labios «te conviene tener la boca cerrada».

—¿Podemos volver a la kermés? —pregunta Antoine.

—Sí, si os lleváis a Calabacín y Camille —responde la directora.

—No hay que forzarlos, señora —dice Camille—. Yo solo quería decir cuánto os he querido a todos. A ti, Alice, y a ti, Béatrice; ya no dormiré igual sin vosotras. Y tú, Simon, ya no estarás ahí para enseñarme un montón de cosas; y tú, Ahmed, te prometo encontrarte un peluche como jamás has visto. En cuanto a vosotros, hermanos Chafouin, me gustaría saber resistir el sufrimiento como vosotros lo hacéis. Deberían tatuarme la palabra «frágil» para todos aquellos que miran sin ver. Y tú, Jujube, te vas a una verdadera familia, la tuya. Se acabó el esparadrapo y las pupas inventadas. Sí, os echaré de menos a todos. Sé muy bien que para vosotros ya no será como antes, pero para Calabacín y para mí tampoco. Y no porque nos vayamos a ver menos os abandonaré en mi corazón.

—También yo te echaré de menos —dice Béatrice.

—Yo también —lloriquea Alice.

Y se levantan para depositar un beso en la mejilla de Camille.

—¿Puedo besarte, Calabacín? —pregunta Simon.

—Esto..., sí, si quieres.

—¿Y yo? —preguntan los hermanos Chafouin al mismo tiempo.

Y allí estamos haciéndonos montones de mimos y perdonándonos toda clase de cosas. Incluso Simon dice a Ahmed «bromeaba con lo del armario de por vida», pero Ahmed no responde, dado que «le conviene mantener la boca cerrada», y de repente nos damos cuenta de que la directora ya no está allí.

Jujube se sienta en su sillón y se prueba sus gafas y hace girar el lápiz entre los dedos.

Simon grita «¡llamadme Geneviève!», y Boris, «si seguís haciendo el payaso, ya sabéis lo que os espera», y Antoine, «¡la barandilla!», y los tres fingen limpiar el sillón.

Béatrice y Alice caminan como la directora, con la cabeza alta, y sus brazos oscilan de manera similar a como lo hace ella.

Camille se acerca a mí y dice «sonreír cuando te hacen una foto», y hace como si sujetara una cámara fotográfica.

Enseguida todos dejan de imitar a la directora y vienen a pegarse a mí y hacen muecas horribles.

—¿Listos? —dice Camille—. ¡Atención, va a salir el pajarito!

Y aprieta el botón imaginario y esa foto seguro que la llevaremos para siempre con nosotros.

Todos corremos hacia los puestos.

Siento al fin cómo el sol me quema la piel y levanto los ojos al cielo: azul y casi sin nubes.

Ahora no me importa.

Ya no tengo ganas de matar al cielo.

He encontrado algo mucho mejor en la tierra.